히말라야 14좌
한 걸음 한 걸음의 숨결로

화폭 위에 풀어놓은 히말라야 산행 이야기

글·그림 곽원주

山이 좋아 山을 그리다 山으로 떠난 산꾼화가

世丁 곽원주

'히말라야 14좌 문화원정대'는 영원하다

곽원주 화백을 처음 만난 것은 2011년 3월 서울미술관에서 열린 그의 작품 전시회장에서였다. 우리나라 화가 중에 산을 가장 잘 타는 산꾼화가로 알려져 있던 그의 작품을 보고 싶어서 찾아간 자리였다. 그때 곽 화백의 '한·중·일 3국 명산 그림'들을 감상하면서 문득 이런 생각이 들었다. 히말라야를 동양 산수화로 그려보면 어떨까?

곽 화백에게 히말라야 14좌를 화폭에 담아보면 어떻겠느냐고 넌지시 물었다. 그는 "산꾼 치고 히말라야에 가보고 싶지 않은 사람이 어디 있겠어요. 하지만 그것을 화선지에 옮기는 것은 다른 문제예요. 산이 각지고 음영이 심한 히말라야 고봉들이 동양화풍에 어울릴지 모르겠습니다" 하고 고개를 갸웃했다. 나는 "우리 것이 가장 세계적인 것이 될 수 있지 않겠어요?" 하고 자신있게 말했다.

그 이유는 이랬다. 날카로운 칼벽과 부드러운 능선을 동시에 가진 히말라야를 동양화의 꼿꼿함과 유연함으로 그려낸다면 분명 새로운 장르의 산수화가 탄생할 거라는 확신이 있었던 것이다.

마침 그 무렵 블랙야크는 '문화'라는 소프트 파워에 주목하고 있었고, 우리가 만드는 아웃도어 제품과 함께 고객이 원하는 이미지를 제공하여 아웃도어 라이프를 즐기게 해야 한다는 데 방점을 두고 있었다. 그리하여 2011년 5월 곽원주 화백과 함께 '화폭에 솟아오른 히말라야 14좌 문화원정대'를 결성했다. 이 문화원정대는 히말라야 8,000m급 14좌 베이스캠프를 직접 올라가 보고 느낀 그대로를 화폭에 담아 히말라야의 멋과 감동을 전하는 문화 프로젝트였다.

그리하여 원정대는 그해 9월 안나푸르나(8,091m)를 시작으로 다울라기리(8,167m), 에베레스트(8,848m), 로체(8,516m), 마나슬루(8,163m), 칸첸중가(8,568m), 마칼루(8,463m), 낭가파르바트(8,126m), 가셔브룸 1·2봉(8,068/8,035m), K2(8,611m), 브로드 피크(8,047m), 초오유(8,201m), 시샤팡마(8,027m) 베이스캠프를 모두 올랐다.

해발 4,000~5,000m 높이에 있는 고산지대를 올라간다는 것은 참으로 어려운 일이다. 로지(숙소)가 없어 빙하 위에 텐트를 쳐야 할 때도 있고 낙석이나 갑작스런 폭설로 고립될 수도 있다. 또 천길 낭떠러지 옆을 걸어야 하는 구간도 널려 있다. 2013년 6월에는 탈레반이 낭가파르바트 베이스캠프를 습격하여 외국인 10명을 사살한 일도 있었으니 14좌 베이스캠프 트레킹을 한다는 것은 누구나 할 수 있는 일이 아니었다.

그럼에도 곽 화백은 히말라야 14좌 베이스캠프를 모두 올랐으며, 동양 산수화에 어울리지 않을 것이란 선입견을 깨고 8,000m급 14좌를 현대적 실경 산수화로 담아냈다. 히말라야의 바람, 느낌, 풍경, 그리고 절대자의 오묘한 메시지를 고스란히 담아내기 위해서였다.

그뿐만 아니다. 히말라야 14좌를 힘겹게 오르면서도 꼼꼼히 기록해 놓은 이 산행기에는 모든 문명의 이기와 마음의 짐을 내려놓고 시인의 마음으로 보고 느낀 한 화가의 뜨거운 눈물과 아픈 회한과 한 걸음 한 걸음의 거친 숨결이 담겨 있다. 한없이 숭고하고 장쾌한 대자연을 스케치북으로 받아 산수화로 올려놓고 그 긴긴 이야기를 여기에 풀어놓았다. 자연에 동화되어 자연 이상을 깨닫게 하는 산 히말라야를 그렇게 써내려간 것이다.

그런데 히말라야로 떠날 적마다 걱정하는 이들에게 '운명은 하늘의 몫'이라 하던 그의 말대로, 하늘은 그가 필요해서 일찍 데려간 건지도 모르겠다. 아직 할 일이 많이 남아 있는데, 5개 광역시 순회전도 열고 판매수익금이 생기면 히말라야 아이들을 위해 써야 하는데 말이다. 이제 우리는 '히말라야 14좌 문화원정대'와 함께 한 그가 남긴 글과 그림 속에서 그를 다시 만날 준비를 하고 있다. 다시 한 번 명복을 빈다.

2015년 8월

(주)블랙야크 회장 강 태 선

이제 바람처럼 자유롭게 날아다닐 그에게

　세정 곽원주 화백은 늘 "나는 행복한 산꾼화가"라고 했습니다. 그건 원도 한도 없이 산을 오르고 산을 그릴 기회가 주어졌기 때문이었습니다.

　그는 히말라야 14좌 베이스캠프를 직접 올라 스케치를 하고 그림을 그린 한국 최초의 수묵화가라는 타이틀을 얻었습니다. 하지만 청천벽력 같은 뇌종양 선고를 받고 투병해 오다 그토록 원했던 그림 전시회도, 책 출간도 보지 못한 채 세상을 떠나 안타까운 마음 가눌 길 없습니다.

　2011년 9월부터 시작된 히말라야 14좌 그림 산행 중 칸첸중가를 향해 떠났을 때는 비행기가 이륙하려는 순간 어머님이 별세하셨다는 전화를 받고도 내릴 수가 없었습니다. 그는 가슴과 머리가 터질 것 같은 고소증을 이겨내면서 칸첸중가 밤하늘의 별을 보며 통곡을 했다고 합니다. 나중에 이 말을 듣고 가슴이 무척 아팠습니다.

　그가 남긴 메모에 이런 글이 있어 적어 봅니다.

　"나는 산을 정복하려고 히말라야를 찾은 것이 아니다. 오직 히말라야의 영기를 화폭에 담아 새로운 산수화의 장르를 개척하기 위해서다."

　비록 정상은 아니었지만 베이스캠프까지 가는 그 길 역시 자신과의 한계를 극복해 내야 하는 고행의 길이었을 것입니다. 그 길을 끝까지 다녀와 산수화로 그려냈으나 주인공이 없다는 사실이 더 큰 아쉬움으로 남습니다.

다행인 것은 2015년 9월 8일~24일 조선일보미술관에서 전시회가 열리고, 또 견디기 힘든 추위와 고소증을 이겨내며 5,000m 이상 높이에 있는 베이스캠프까지 오르던 그 고통스런 과정을 기록한 산행기가 출간되어 위로가 되기도 합니다. 아마 곽원주 화백도 하늘에서 이 모든 과정을 지켜보며 진실로 기뻐하리라 생각합니다.

'히말라야 14좌 스케치 산행' 시작부터 이번 전시회까지 모든 것을 도와주신 (주)블랙야크 강태선 회장님께 깊이 감사드립니다. 그리고 이 책이 나오기까지 '산과 예술을 사랑하는 사람들의 모임(산예모)'에서 문화원정대 기금으로 용기와 힘을 주셨습니다. 진심으로 고맙습니다.

이젠 바람이 되어 자유롭게 훨훨 날아다닐 그에게 늘 듣고 싶어하던 네팔 민요 '레삼피리리'를 들려주고 싶습니다.

레삼피리리~ 레삼피리리~~
바람결에 휘날리는 비단처럼
내 마음 두근두근~~ 펄럭인다오
날아가는 게 좋을지
언덕 위에 앉는 게 좋을지
레삼피리리~ 레삼피리리

2015년 8월
이 지 은 (고 곽원주 아내)

'산과 예술을 사랑하는 사람들'과 함께

2012년 6월 1일, 인사동에 있는 곽원주 화백님 화실에 산과 예술을 사랑하는 사람 20여 명이 모였다. 자그마한 화실에 다 앉을 수가 없어 복도 쪽까지 서 있어야 했지만, 우리는 배다리 막걸리잔을 나누며 몹시 들떠 있었다. 그동안 화백님이 산을 좋아하고 예술을 사랑하는 지인들을 만날 때마다 제안했던 모임이 탄생하는 순간이었기 때문이다.

그 즈음 화백님은 블랙야크 후원으로 히말라야 14좌 스케치 산행을 진행하고 있었고, 그곳에 갈 때마다 히말라야 오지에 살고 있는 어린이들을 도와줄 방법을 생각하고 있었다. 그래서 우리는 매월 한 번 산을 오르며 건강과 친목을 다지고, 나아가 문화원정대 기금을 모아 좋은 일을 펼쳐나가기로 마음을 모았다.

그 후 지금까지 한 번도 거르지 않고 산을 올랐으며, 화백님이 히말라야로 떠날 적엔 학용품을 모아 그곳 어린이들에게 전해 주기도 하면서 '산과 예술을 사랑하는 사람들의 모임(산예모)'은 알차게 내실을 다져나갔다.

그런데 2014년 봄, 히말라야 14좌 스케치 산행 대장정을 모두 마치고 9월 그림 전시회 준비를 하던 화백님에게 청천벽력 같은 일이 벌어졌다. 뇌종양 진단이었다. 서둘러 수술을 하고 히말라야를 오르던 열정과 투지로 일 년 넘게 병마와 잘 싸워 왔다. 그리고 다시 2015년 9월 전시회 날짜를 잡아놓고 못 다 그린 그림을 완성해 가고 있었다.

하지만 2015년 5월 말 다시 입원을 해야 했고 한 달도 안 되어 유명을 달리하고 말았다. 이제부터 해야 할 일 얼마나 많은데, 그렇게 소원하던 히말라야 14좌 그림 산행 전시회도 해야 하고, 한 발 한 발 고통스럽게 오르면서도 웅대한 자연의 경이로움 앞에 탄복을 하던 그 산행 이야기 출간을 앞두고 어찌 눈을 감으셨는지… 통탄스러울 뿐이다.

아직 충격에서 벗어나지 못하고 있지만 그래도 회원들은 7월 산행에서 화백님의 유지를 잘 이어나갈 것을 다짐하며 우선 책을 출간하는 데 힘을 보태기로 했다. 이것이 산예모의 산파역과 좌장역을 맡아 주셨던 화백님에 대한 우리 마음임을 기억해 주었으면 한다.

2015년 8월
박 정 석 (산예모 회장)

CONTENTS

로체

Mt. Lhotse | 8,516m

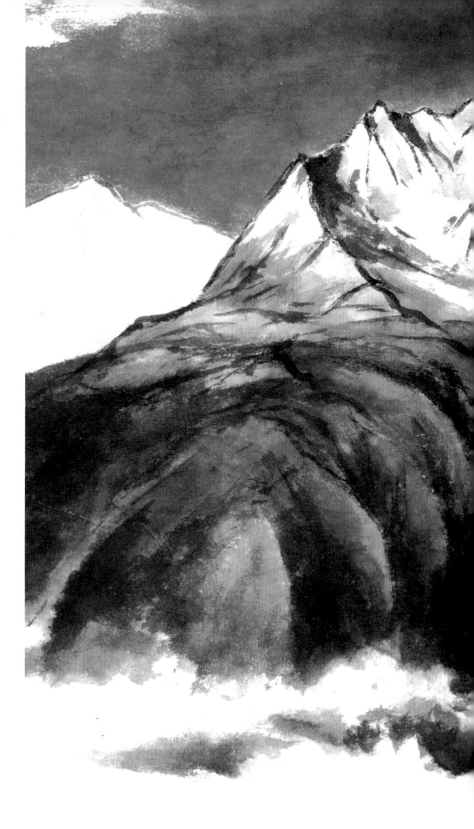

= 남체 바자르와 콩데

어디로든 떠난다는 것은 즐거운 일이다. 그것도 문명이 비켜 간 오지로의 떠남은 일상에서 느끼지 못한 신비함에 더욱 감칠맛 나는 여행이 된다. 바람조차 쉬이 넘지 못하고 인간의 접근을 외면하여 문명이 비켜 간 곳 히말라야, 산꾼이라면 누구나 한 번쯤은 꿈을 갖게 하는 산 히말라야다. 그 히말라야를 스케치 산행할 수 있는 벅찬 행운을 얻었다.

블랙야크가 후원하는 '화폭에 솟아오른 히말라야 14좌' 문화원정대가 바로 그것이다. 중국 최고 절경지 무릉도원에 대한 고사에 '인생부도장가계 백세기능칭노옹(人生不到張家界 百歲豈能稱老翁 사람이 태어나서 장가계에 한 번 가보지 않았다면 100세가 되어도 어찌 늙었다고 할 수 있겠는가)' 이라는 말이 있다. 산수풍경을 그리는 산수화가로서 히말라야 한 번 가보지 않았다면 훗날 누가 나더러 산꾼화가라 하겠는가 하는 생각을 늘 해 오던 터였다. 그런데 그것도 히말라야 14좌를 한꺼번에 스케치 산행을 할 수 있는 기회를 얻었으니 이것은 분명 산수화를 그리는 나에게는 큰 행운이 아닐 수 없다.

히말라야 산맥은 네팔, 인도, 파키스탄, 중국의 국경지대에 솟아올라 있다. 7,000m급 산봉우리가 350개, 8,000m가 넘는 봉우리가 14개 있다. 이것을 14좌라고 한다.

이번 산행은 14좌 중 네 번째로 높은 로체(8,516m)를 스케치하고, 지구상에서 가장 높다는 에베레스트(8,848m)를 가장 가까이에서 조망할 수 있는 칼라파타르(5,550m)까지 올랐다.

카트만두에서 경비행기를 타고 에베레스트 트레킹의 길목인 루클라(2,840m)에 도착, 팍딩(2,610m), 남체 바자르(3,440m)를 지나 탕보체(3,860m), 딩보체(4,410m)를 거쳐 추쿵(4,730m)을 지나 칼라파타르에 올랐다. 신이 선택한 사람만이 볼 수 있다는 로체의 황금노을을 바라보며 스케치하는 행운도 함께 잡았다.

블랙야크 초청 에베레스트 트레킹팀 21명과 함께 루클라 텐징-힐러리 공항에 도착했다. 산허리 절벽 위에 만들어진 경사진 활주로는 손바닥만 해서 어떻게 비행기의 이착륙이 가능할까 궁금했다. 그러나 에베레스트와 로체를 짧은 시간에 오르기 위해서는 위험 부담을 안고서라도 이곳 비행장을 이용할 수밖에 없다.

트레킹이 시작되는 이곳부터는 바퀴 달린 이동수단은 어느 것도 사용할 수 없다. 그만큼 문명이 소외된 오지다. 능력이 허락하는 만큼 짐을 지고 한 발 한 발 움직여야 산을 오를 수 있다. 고도 100m를 높이려면 몇 백 미터의 산길을 걸을 수밖에 없다.

한국 사람들이 지은 토토하얀병원

루클라 상가지역을 벗어나 산길로 접어드는 산문 중앙에 네팔 여성 최초로 에베레스트를 등정한 파상 라무 조각상이 푸른 하늘을 배경으로 한 없이 높아 보인다.

본격적인 등산로로 접어드니 세계 각국에서 모여든 트레커들과 무거운 짐을 잔뜩 지고 기우뚱대며 걷는 야크와 당나귀 행렬, 그리고 포터들이 로코(혹은 토코, 짐을 나르는 대바구니)에 자기 몸무게보다 더 무거운 짐을 메고 산을 오른다.

주위의 생소한 풍경들을 바라보며 조금 더 오르니 '토토하얀병원'이 있는 체플룽(2,660m)에 도착했다. 의료시설이 열악한 네팔에서는 현지 주민들이나 언제든 위험이 따르는 산꾼들에게 큰 의지가 되는 곳이다. 태극기와 네팔 국기, 블랙야크기가 함께 펄럭이고 있다. 병원을 소개하는 안내문에는 이렇게 적혀 있다.

한국 산악인을 도와준 네팔인들을 위해 이 병원을 바친다. 한국의 체육복권 스포츠토토가 지원하고 한국인 전유성, 권경업, 강태선, 신영철, 이명식, 심재호, 김양숙, 이윤경, 이정식, 한원택, 김옥자, 정성철, 한신호가 2010년 12월에 지었다. 이 앞으로 지나가는 모든 네팔인들과 한국인들은 이 병원의 진료를 받을 권리가 있다. 2011년 10월 14일 준공

크고 작은 마을을 지날 때나 등산로 중앙에는 여지없이 '옴마니반메훔' 라마경을 양각한 크고 작은 석판들이 탑처럼 쌓여 있다. 오랜 세월 동안 비바람에 씻겨 보일 듯 말 듯 마모된 글자들에 이끼가 끼어 있어 어느 노승의 깊은 불심을 느끼게 한다. 이곳이 불교 성지임을 무언으로 전한다.

돌계단 위 작은 돌담집 울타리에는 고개 숙인 국화꽃이 은은한 향기를 내뿜고, 금잔화의 꽃잎은 가을 햇살에 더욱 화려한 황금색을 띤다. 작은 텃밭에는 무, 양배추, 당근이 수북이 자랐다. 그 사이를 닭들이 오가며 먹이를 쪼아먹는 모습이 한가로운 우리네 전원 풍경을 보는 듯 낯익다. 이곳에는 한겨울에도 눈이 내리지 않는다고 한다. 바나나가 나는 마을이니 그럴 수도 있겠다는 생각이 든다.

= 추쿵에서 바라본 설산의 첨봉들

네팔 전통춤을 추던 소녀의 미소

계단을 내려서니 거대한 출렁다리가 나타난다. 입구에서 인부 몇 사람이 다리 아래 계곡으로 흙을 퍼내리고 있다. 며칠 전 큰 산사태가 일어나 복구작업을 하고 있는 중이다. 가옥도 세 채나 쓸려 내려갔다고 한다. 산의 경사도가 심해서 산사태나 눈사태가 나면 그 피해가 생각보다 훨씬 심각하다.

골목과 큰 바위에 유독 불교 상징물이 많은 이 마을에는 블랙야크가 지원하는 초등학교가 있다. 우리는 마을 뒤쪽 조망 좋은 곳에 있는 학교에 들러 학용품 전달식을 가졌다. 이런 행사는 정말 어쩌다 있는 것이어서 학부모와 스님들도 눈에 띄었다. 학용품과 기념품을 받아든 아이들은 마냥 싱글벙글이었다.

학생들이 네팔 국가를 합창한 후 어린 소녀 둘이 나와 네팔 전통춤을 선보였다. 참을 수 없는 그 무엇이 눈시울을 뜨겁게 했다. 선생님이 전기코드를 붙잡고 있었지만 카세트 테이프가 몇 번이나 중단되었다. 그래도 멈추지 않고 끝까지 춤을 추던 그 어린 소녀들의 미소가 자꾸만 눈앞에 어른거렸다.

= 눕체의 연봉과 로체와 에베레스트

19

우리는 날이 저물어 팍딩에서 계곡물 소리를 들으며 하룻밤을 지내고 다음 날 협곡을 따라 올랐다. 작은 마을을 지나다 양지 쪽에 쭈그리고 앉아 여행객만 쳐다보는 아이들을 만났다. 학교가 너무 멀리 있어 교육의 기회마저 주어지지 않는 이 아이들은 어찌해야 할까? 잠시 막막한 생각이 들었다.

산간마을의 지붕은 강원도 너와집처럼 통나무를 쪼개 얹거나 넓적한 돌을 얹어 지었다. 마을 뒤편에는 송림 사이로 장대한 삼단폭포가 하얀 포말을 뿌리며 굉음과 함께 쏟아진다. 담장 위에는 땔감으로 쓰려는지 야크똥을 말리고 있다.

이곳 산간마을에는 사람과 가축이 공생 공존한다. 굳이 외양간을 짓지 않고 칸막이만 달리해 한지붕 아래 가족 같은 정을 느끼며 살아가고 있는 것이다.

= 캉주마에서 바라본 탐세르쿠

세계 각국 트레커들로 북적이는 남체

몬주에서 휴식을 취하고 오르막이 계속되는 산길을 올라가 사찰문을 통과하니 거대한 출렁다리가 나온다. 출렁다리를 건너 널찍한 너럭바위에 앉아 스케치북을 펼친다. 협곡을 가로지르는 구름다리와 협곡을 아우르며 솟아오른 탐세르쿠(6,618m) 설산의 위용이 한 폭의 산수화 같다.

다리 난간에 매달아 놓은 오색 천들이 협곡에서 불어오는 바람에 휘날리며 장관을 연출한다. 경사가 급한 곳을 지나는 강물은 요란한 폭음을 내며 흐르다 거대한 바위에 부딪쳐 창백하게 질린 채 하얀 포말을 이루어 협곡 사이에 일필휘지를 긋는다.

급경사 돌계단을 숨을 헐떡이며 올라서니 아름드리 소나무 사이로 로체와 에베레스트 정상이 멀리 고개를 내민다. 처음 마주친 에베레스트 정상이다. 지구상의 제일봉을 바라보고 있다는 것이 실감나지 않았다.

수많은 사람들이 처음 마주한 로체와 에베레스트를 보며 각국의 언어로 감탄사를 터트린다. 오른쪽엔 아래서 올려다보았던 탐세르쿠의 위용이 손을 뻗으면 닿을 것처럼 가깝게 느껴진다. 길 옆 언덕배기에는 우리나라 산천에 가을이면 피어나는 용담꽃을 닮은 보랏빛 야생화가 지천으로 피어 있어 이곳도 가을임을 느끼게 한다.

입산 신고처를 지나 남체 바자르에 도착했다. 3,440m인 고산에 이렇게 크고 풍요로운 도시가 있다는 것이 믿기 어려운 정도다. 셰르파족이 오래 전에 터를 잡은 남체 바자르는 매주 토요일이면 티베트와 인도에서 가져온 물건을 파는 장이 선다.

= 협곡의 구름다리와 탐세르쿠

남체에서 하룻밤을 묵고 다음 날 아침 산길로 접어드니 무서리가 잔뜩 내렸다. 지금은 겨울에도 남체까지만 눈이 내린다고 한다. '옴마니반메훔'이 빼곡하게 양각된 거대한 바위를 돌아 철조망 문을 통과한 수많은 인파가 등산로를 따라 오른다.

벌써부터 고소증세로 구역질을 하는 사람이 눈에 띈다. 조금 더 오르니 남체가 한눈에 내려다보이고 건너편 콩데와 우뚝한 탐세르쿠가 시원하게 펼쳐진다. 세계 각국에서 모여든 트레커들로 우리 북한산만큼이나 북적댄다.

남체 뒷산인 웅장한 콤빌락 석산(石山)이 눈 쌓인 설산과 어우러져 멋스러움을 더한다. 콤빌락은 셰르파들이 일 년에 2시간 이상 기도하는 신성한 산이다.

= 딩보체 마을과 아마다블람 북벽

능선을 따라 오르니 아마다블람과 탐세르쿠, 로체와 에베레스트가 한눈에 들어온다. 육산을 느끼게 하는 능선과 묵산(墨山)처럼 보이는 석산과 첨예한 설봉들이 마치 경쟁을 하듯 솟아올라 있다. 스케치를 시작하기도 어렵고 쉽사리 끝맺을 수도 없다. 아예 두루마리에 작품을 그려야 할 모양이다.

그림 같은 풍광을 감상하며 산책하듯 여유롭게 올라서니 에베레스트 뷰 호텔이다. 이곳에는 에베레스트, 로체, 아마다블람, 탐세르쿠까지 한눈에 조망할 수 있는 야외 전망대가 있어 여행객들이 꼭 들른다.

밀크커피(야크우유+커피)를 마시며 에베레스트를 바라보니 세속의 묵은 때가 한순간에 씻겨 내려간다. 산과 산의 계곡을 따라 중간에 거칠 것 하나 없는 3,880m(뷰 호텔)에서 8,000m가 넘는 봉우리를 한순간에 바라볼 수 있으니 이 얼마나 장쾌한 노릇인가. 로체 정상에는 하얀 구름이 피어오르고 있어 마치 화산이 분출하는 듯하다.

휴식을 마치고 쿰중으로 내려섰다. 마을로 내려서는 길목엔 키가 낮은 잡목과 동백을 닮은 잡목이 어우러져 있다. 쿰중은 셰르파족들이 티베트에서 히말라야 산맥을 넘어와 제일 먼저 자리잡은 곳으로 셰르파들에게는 고향 같은 곳이다.

쿰중에는 세계 각국에서 지원을 받는 힐러리 학교도 있다. 1953년 5월 29일 셰르파 텐징 노르게이와 함께 에베레스트를 초등(初登)한 힐러리 경을 기념하여 세운 학교다.

나는 쿰중에서 오리지널 야크를 처음 만났다. 지금까지 보았던 야크는 소와 교잡종인 '좁교'라고 하는데, 고지대와 저지대를 오갈 수 있다. 하지만 순수 야크는 3,500m 이하로는 산소가 너무 많아 내려갈 수 없다고 한다. 좁교와 야크는 뿔의 생김새로 구별한다.

청산도를 떠올리게 하는 쿰중 마을

널따란 분지에 형성된 쿰중 마을은 골목길과 텃밭 곳곳이 돌담으로 둘러싸여 있어 우리나라 청산도를 떠올리게 한다. 층층으로 된 구들장 다랑논과 돌담으로 유명한 청산도는 느림의 도시(슬로 시티)다. 이곳 또한 현지 어린아이들 말고는 아무리 건강한 사람이라도 처음 와서는 고소증 때문에 뛰어다닐 수 없으니 느림의 도시다. 양철 지붕과 슬레이트 지붕도 청산도를 빼닮았다. 돌담에 아무렇게나 널려 있는 이불 빨래가 퍽 인상적이다.

점심 식사를 한 후 '블랙야크 에베레스트 트레킹팀'과 헤어져 로체로 가기 위해 셰르파와 포터 한 명을 데리고 캉주마로 향했다. 캉주마에 도착해 곧바로 야크장에서 북쪽의 탐세르쿠를 스케치하는데 산 그림자가 줄달음을 친다. 그늘진 곳과 양지 쪽의 온도차가 매우 심하다. 스케치를 마치니 햇살은 순식간에 산 너머로 숨어 버리고 온 세상이 안개 속으로 사라진다. 순식간이다. 숙소로 돌아와 저녁 식사를 마치니 다시 하얀 설산들이 눈앞에 서서히 나타나기 시작한다. 오후가 되면 이런 기후가 반복된다고 한다.

다음 날, 풍기텡가까지 급경사 산길을 내려선다. 경사가 심해 중심을 잡기도 힘든 길을 짐을 가득 실은 야크 행렬이 지난다. 풍기텡가에서 협곡의 출렁다리를 건너 급경사를 올라야 한다. 인내심의 한계를 느끼며 반 발자국씩 옮겨 놓는다.

조금 오르다 휴식을 취하며 건너편의 아침을 바라본다. 붉은 햇살이 산 주름의 음영을 더욱 도드라지게 한다. 이런 분위기는 대부분 서양화적인데, 한동안 그 비경을 바라보고 있던 내 머릿속에 섬광처럼 스치고 지나가는 것이 있었다. 이러한 풍경을 선과 면으로 표현하는 서양화 기법과 음영의 조화로 획을 중시하는 한국화를 접목해 표현한다면 더 아름다운 진경산수화 한 폭을 그릴 수도 있겠다는 영감을 얻는다.

발아래 검푸른 녹색에서 감청, 군청색으로 이어진 색깔은 산릉을 타고 오르다 마침내 하얀 설산으로 변해 하늘을 찌르며 우뚝 선다. 길옆 바위 틈새에는 유난히 붉은 단풍잎이 아침 햇살에 더욱 곱게 물든다.

수목한계선이 비탈진 산허리를 감고 돌아 계곡을 가로질러 옆 산을 타고 기어오른다. 지나온 산길을 뒤돌아본다. 멀리 콩데의 설산, 우뚝 솟은 탐세르쿠의 웅장한 모습이 그림처럼 아름답다. 지난밤 묵었던 캉주마가 산비탈에 작은 성냥갑처럼 아련하다. 인생도 그렇듯 지나온 길을 뒤돌아보면 그저 아름답게 느껴진다.

곰파(사원)가 있는 탕보체에 올랐다. 아마다블람, 로체, 에베레스트가 더욱 가까이 다가선다. 불심이 깊은 사람은 곰파에 올라 묵상기도라도 할 수 있는 시간적 여유로움도 있다. 힘들게 이곳 탕보체에 올라온 보람을 느끼기에 충분할 만큼 히말라야 사계를 한눈에 바라볼 수 있다.

오래된 탑과 오색 깃발이 아마다블람과 어우러져 파란 하늘에 우뚝하니, 무언의 설법을 가슴으로 듣는다. 겹겹으로 불탑이 세워져 있는 것으로 보아 이곳이 범상치 않은 불법의 땅임을 말해 준다. 계단을 힘겹게 오르니 사찰문이 나타나고, 그곳을 통과하니 엄홍길 휴먼스쿨로 오르는 갈림길 이정표가 나타난다. 4,000m가 넘는 산간오지에 학교를 세워 봉사한다는 것은 참으로 산꾼이기에 가능한 일이다.

= 캉주마에서 바라본 아마다블람

네팔은 라나 시대가 종식된 1950년대 초에는 인구의 10%만이 글을 읽고 쓸 수 있었다고 한다. 지금도 교육환경이 아주 열악하다. 학교는 좁고 답답하며 조명도 어둡다. 한 학급에 40~50명이 몰려 있는 데다, 교실이 없어서 잔디밭에서 공부하는 경우도 있다. 교육은 나라의 미래다. 네팔은 잘못된 교육제도가 지금의 현실을 불러왔는지 모른다.

엄홍길 휴먼스쿨 이정표를 지나 다시 산길을 걷는다. 중앙분리대 같은 석탑들을 지나 발아래 펼쳐진 그림 같은 야크 목장을 바라보며 걷는다. 목장 옆으로 흐르는 강물은 하얀 포말을 일으키며 산과 산의 경계를 표시한다.

아마다블람이 굽어보는 팡보체 마을은 유난히 부유해 보인다. 첨봉으로 둘러싸인 곳에 아늑한 마을이 참으로 평온하다. 해발 4,010m에 위치해 일반인들은 고소증에 시달릴 수 있는 이곳에서 이들은 일상의 삶을 살아가고 있다. 팡보체에서 점심을 먹는데 파리 몇 마리가 공중비행을 한다. 아마 이곳 파리들도 강심장인가 보다.

소마레를 지나니 키가 낮은 잡목도 없다. 중간 중간 거대한 바위들과 드넓은 초원이 어우러져 마치 서부영화 세트장처럼 느껴진다. 건너편 산등성이에 하얀 야생마 두 마리가 서 있어 더욱 그렇게 느껴진다. 이곳부터는 지금까지 걸어온 분위기와는 전혀 다른 느낌이다. 이래서 큰 산에서는 여러 계절을 한꺼번에 느끼게 되는가 보다. 민둥산 너머로는 설산이 우뚝하고, 흐르는 강 건너편으로는 낮고 검은 산이 탄광촌을 연상케 한다.

협곡으로 내려섰다가 마지막으로 머물 딩보체 마을로 오르는 길이 한눈에 훤히 바라보인다. 야크 목장을 지나니 하늘에 온통 까마귀 떼가 고공비행을 하며 장관을 이룬다. 이곳 까마귀는 산 아래서 보았던 것보다는 체구가 작고 부리와 발은 붉은색이다.

황금색 로체를 화폭에 담다

작은 철다리를 건너 고행의 오르막길을 오른다. 숨이 턱까지 차오른다. 산소량이 많이 부족하다는 것이 가슴으로 느껴진다. 가도 가도 끝없는 힘들고 험한 길을 무엇 때문에 이렇게 죽음과 동행하며 오르고 있느냐고 자신에게 질문을 던진다. 만약 한 발짝 실수라도 한다면 불귀의 객이 될 수도 있는데 말이다. 두타고행을 하듯 힘이 들수록 내면의 세계는 많은 문답으로 가슴속 깊이 빠져든다.

멀리 산허리에 마을 하나가 나타난다. 산길은 점점 풀 한 포기 없는 삭막한 길로 변해 간다. 산모퉁이를 돌아서니 딩보체(4,410m)가 한눈에 가까이 내려다보인다. 로체를 가까이서 볼 수 있는 마지막 마을이다. 가슴속에서 소용돌이가 일어난다. 이곳에서 고소 적응을 한 다음 추쿵(4,730m)까지 올라 로체를 스케치하면 된다.

딩보체 숙소에 짐을 풀고 하늘을 보니 너무 맑다. 옷을 두툼하게 껴입고 로체에 비치는 황금노을을 볼 수 있겠다는 생각에 카메라를 들고 기다렸다. 산 그림자는 벌써 숙소 지붕을 지나 건너편 산 능선을 타고 빠르게 기어오른다. 순간이다. 로체가 황금색으로 물들기 시작한다. 정말 영화 '인디아나 존스'에서나 볼 법한 환상의 순간이다. 정신없이 셔터를 눌러댄다. 조금 있으니 다시 하얀 설산으로 변해 버린다. 너무 순간적이라 꿈을 꾸는 듯했다.

로체의 진경을 가까이서 바라보기 위해 추쿵을 오르며 아마다블람과 촐라체를 스케치하는데 한가로이 마른 잔디를 뜯던 야크 두 마리가 이쪽을 우두커니 바라본다. 추쿵을 둘러싼 설산의 첨봉들이 마치 경쟁하듯 솟아 있다. 한가롭게 스케치를 마치고 딩보체에 도착해 저녁에 황금노을을 또다시 바라보며 환희에 빠졌다.

다음 날 언제 다시 찾게 될지 모르는 로체와 딩보체를 뒤로하고 세계의 어머니라는 지구의 최고봉 에베레스트를 스케치하기 위해 가파른 언덕길을 올라 두글라(4,620m)로 향했다.

= 로체의 황금노을

에베레스트

Mt. Everest | 8,848m

= 칼라파타르에서 본 에베레스트와 눕체

칼라파타르에 올라 세계 최고봉과 마주하다

로체(8,516m)의 마지막 밤을 딩보체 셰르파 로지(Sherpa lodge 4,410m)에서 보내고 이른 아침 세계 최고봉 에베레스트(8,848m)를 스케치하기 위해 칼라파타르(5,550m)로 향했다.

아직 햇빛이 들지 않은 산길로 접어들어 가파른 자갈길을 조금 오르다 딩보체의 아침을 돌아본다. 아마다블람 산허리에 걸린 태양은 태초의 그 빛처럼 섬광을 발하며 산허리를 비집고 나오지만 산 아래 작은 마을은 아직 빛이 들지 않은 새벽이다.

딩보체에서 추쿵으로 이어진 산길에는 간밤에 무서리가 하얗게 내렸다. 산길 끝자락에 솟아오른 로체는 천년의 미라처럼 창백한 얼굴로 이별을 아쉬워한다. 그렇게도 찬란하던 황금노을은 흔적도 없이 자취를 감추었지만 지난밤 황홀함은 자연 속에서 또 다른 자연을 느끼게 했고, 그 감동은 오래도록 내 가슴속에 용솟음치는 창작의 에너지가 될 것이다.

추쿵(Chhukhung 4,730m)까지 올라 바라보았던 로체의 웅이로운 그 모습은 신의 얼굴로 화선지 위에 침묵으로 내려앉아 가부좌를 틀었다. 언제 다시 찾아올 수 있을지 기약도 없는 이별을 고하며 에베레스트로 발길을 옮겼다.

히말라야를 오르다 보니 6, 7, 8이 오랜 습관처럼 되었다. 6시 기상, 7시 식사, 8시 출발이다. 오늘도 그대로 움직인다. 대부분 로지가 산 아래 분지에 있어 출발은 해 뜨기 전에 하게 된다. 마을 뒤로 난 가파른 언덕길을 천천히 숨을 고르며 조심스럽게 올라선다.

초르텐(하얀 불탑)이 우뚝 서서 반겨 준다. 낡은 타르초(오색 깃발)는 무희의 춤사위인 양 미풍에도 나풀댄다. 계곡 건너 타부체에는 햇살이 벌써 산허리까지 내려와 있지만 계곡 아래 페리체 마을은 아직 새벽이다.

산자락 끝 계곡 한편에 눈사태로 흘러내린 토사가 탄광촌을 연상케 하며 물을 가두어 작은 호수를 만들었다. 계곡에 흐르는 물은 하얀 포말과 함께 요란한 소리를 내며 흐르고, 강 언덕 맞은편 넓은 분지에는 야크 목장과 페리체 마을이 있다.

고소증 환자를 실어나르는 헬기

마을 공터에는 아침부터 헬기가 내려앉는다. 고소증 환자가 밤새 고통을 받았나 보다. 산행을 하다 보면 아침에 헬기 몇 대는 꼭 보게 된다. 고소증 환자를 루클라로 후송하기 위해서다.

로체에 들르지 않고 에베레스트를 오르는 사람들은 페리체에서 하룻밤 지내고 계곡을 따라 곧바로 오른다. 우리도 하산할 때는 계곡으로 내려서서 페리체를 거쳐 남체로 하산할 예정이다. 우리는 로체의 황금노을을 보기 위해 딩보체에서 이틀 밤 자고 능선으로 올랐기에 탁 트인 조망과 발아래 그림 같은 페리체 마을을 내려다보게 된 것이다.

조망 좋은 언덕에서 시계 방향을 따라 시선을 돌린다. 눕체, 로체, 임자체, 아마다블람, 캉테가, 탐세르쿠, 멀리 콩데까지 보인다. 그리고 타부체, 촐라체를 지나 푸모리까지 한 바퀴 원을 그리며 돌아본다. 히말라야 전부를 보는 듯하다. 그렇지만 앞산들에 가리어 아직 에베레스트는 모습을 드러내지 않는다. 갖가지 형상을 하고 있는 흑산(黑山)과 설산(雪山)들이 원시 이전의 지각변동을 느끼게 한다.

타부체(Tabuche 6,496m)와 촐라체(Cholatse 6,353m)는 손에 잡힐 듯 가깝다. 풀 한 포기 없는 흑색 암산(岩山)인 타부체는 야성미 넘치는 남성의 근육질을 느끼게 하고, 하늘을 찌를 듯 솟아오른 촐라체의 첨봉은 로마 병정의 창끝처럼 예리하다.

드넓은 평원에는 키가 땅에 붙은 향나무가 드문드문 잘 가꾸어진 정원수처럼 둥근 모양을 하고 있다. 중앙에는 돌담집과 돌담으로 둘러쌓은 야크 목장이 있지만 지금은 사람도 야크도 없다. 완만한 초원지대에 돋아난 풀은 10cm도 안 되어, 잔디라기보다는 이끼에 가깝다.

넓은 초원지대를 걷는데 바람 하나 없고 햇살은 따사로워 초가을 날씨처럼 포근하다. 양지쪽에 누워 근심 걱정 모두 접어두고 오수라도 즐겼으면 좋겠다. 그러나 누우면 고산병에 걸리기 쉽다고 셰르파 치링이 주의를 준다. 이곳이 4,000m가 넘는 고산이라지만 우리의 야산처럼 느껴진다.

= 딩보체에서 초르텐이 있는 능선에 올라 바라본 타부체 암산

세상의 삶과 단절된 이곳에서는 모든 문명의 이기와 마음의 짐마저 내려놓고 시인의 마음으로 걷는다. 이곳에서는 몇 초 남은 신호등을 바라보며 목숨 걸고 뛸 필요도 없다. 약속시간을 지키기 위해 에스컬레이터에서도 뛰어야 하는 긴장감도 없다. 이곳 사람들은 이리 뛰고 저리 달리는 우리 도회지의 삶을 이해하지 못할 것이다.

이곳에서는 빨리 걸을 수도 없다. 차라리 느림의 미학을 배우고 마음의 여유로움을 찾아 히말라야에 빠져들 수밖에 없다. 그래서 눈 쌓인 히말라야 수많은 봉우리만큼 일만 번뇌의 망상이 모두 녹아내려 빈 마음이 된다. 그렇게 빈 마음으로 걷노라면 작은 것에 욕심 부리고 부질없는 일에 승부를 걸었던 지난 일들이 회한의 아픔으로 가슴속 깊은 곳에 눈물 되어 흐른다. 눈물로 먹을 갈아 진경산수 히말라야를 그릴 수도 있겠다는 생각이 든다. 자연에 동화되어 자연 이상을 깨닫게 되는 산이 히말라야인 듯하다.

철다리를 건너 두글라(Dughla 4,620m)에 도착했다. 촐라체 아래 있는 두글라 야크 로지에서 점심 식사를 하는데 주인장이 다가와 한국 사람임을 알고 촐라체 북벽을 손으로 가리킨다. 지난달 저곳에서 한국 사람 둘이 추락했다고 알려준다. 우리의 산악인 김형일과 장지명이 북벽을 오르다 1,000m 아래로 추락해 유명을 달리한 촐라체다.

여기서 등정 준비를 하다가 박영석 일행의 비보를 듣고 에베레스트 정반대 쪽에 있는 안나푸르나까지 달려가 구조작업을 했다고 하니 그 의협심에 감탄하지 않을 수 없다. 돌아와 며칠 후엔 그들도 촐라체를 오르다 그렇게 되었다. 그 봉우리를 지금 올려다보고 있자니 밥이 넘어가지 않는다. 말로 할 수 없는 그 무엇이 왈칵 눈시울을 뜨겁게 했다.

= 두글라에서 바라본 촐라체

= 수묵으로 솟아오른 타부체와 촐라체

　　넋을 잃고 한동안 바라보다 짐을 챙겨 가파른 너덜길을 따라 언덕을 올라선다. 여기저기 돌탑들이 세워져 있다. 어떤 돌탑에는 오색 깃발이 제멋대로 칭칭 감긴 채 그들의 넋이 되어 바람에 나부끼고 있다.

　　이곳에서 바라본 타부체와 촐라체의 모습은 딩보체에서 본 형상과는 전혀 다르다. 지금 촐라체 북벽의 깎아지른 6,000m 설벽을 바라보고 있다. 저렇게 가파른 북벽을 오르다 1,000m 아래로 추락했다고 생각하니 가슴이 미어지듯 아프다. 창끝같이 솟아오른 촐라체를 올려다보며 조용히 그들의 영혼을 스케치북에 담는다. 왠지 자꾸 시야가 흐려지고 눈시울이 뜨거워진다.

　　왜 산에 가는 것일까? 위험한 줄 알면서도, 심지어 목숨을 담보하면서까지 산악인들은 고산거벽을 향한 걸음을 멈추지 않는다. 그리고 때로는 영영 돌아오지 못한다. 위대한 탐험가 우에무라 나오미(植村直己 1941~1984)는 "살아서 돌아오는 것이야말로 훌륭한 도전"이라고 했지만 그도 매킨리에서 돌아오지 못했다.

　　스케치를 마치고 완만한 산길을 따라 천천히 고도를 높인다. 산소 부족으로 심호흡을 해야 한다. 호흡장애가 느껴진다. 이곳 사람들이 말하기를 4,300m부터는 마의 영역이고 5,000m부터는 신의 영역이라고 한다. 이제부터는 신의 영역으로 접어들고 있다.

　　고도계의 숫자가 4,985m를 가리킨다. 시간은 오후 2시 25분. 계곡에는 벌써 산 그림자가 내려앉았다. 하루해라고 해 봐야 우리나라 정선의 꼴뚜바우가 있는 산골짜기 상동마을보다도 일조시간이 짧을 것 같다.

고산지대의 신비로움과 군청색 하늘 아래 연봉으로 솟아오른 하얀 설산의 영기(靈氣)에 끌리어 깨닫고 느끼며 도인의 마음으로 걷다 보니 로부체(Lobuche 4,910m)에 도착했다. 곧바로 전망 좋은 2층 방에 짐을 풀었다. 아침에 방안에서 일출을 보기 위해서다.

이곳 히말라야 로지 대부분은 난방시설이 전혀 되어 있지 않다. 그래서 두툼한 다운재킷으로 한기가 들지 않도록 미리 조심해야 한다. 한번 한기가 들기 시작하면 별다른 해결책이 없고 곧바로 고소증이 찾아와 저체온증으로 심한 고통에 시달리게 된다.

창란젓 한 점에 되살아난 식욕

셰르파 치링이 가져온 따끈한 밀크티를 한 잔 마신 후 식당이 있는 1층 홀로 내려갔다. 중앙에는 야크똥을 연료로 사용하는 난로 하나가 놓여있고, 천장에 매달린 나선형 작은 형광전구 몇 개가 희미하게 불을 밝히고 있다. 각국에서 모여든 사람들이 각국의 언어로 오늘의 여행담을 이야기하며 포커놀이를 즐기고 있다. 식사도 취향에 따라 각양각색이다.

낮에 점심을 대충 끝냈더니 입맛이 없어서 그런 줄 알고 셰르파 치링이 저녁 식사로 네팔 고유 음식인 달밧(Dal Bhat)을 시켜놓고 창란젓을 가져온다. 블랙야크 트레킹팀과 남체에서 헤어질 때 입맛 없을 때 먹으라며 건네준 창란젓이다.

"선생님, 입맛 없으면 이것과 함께 드세요" 하며 치링이 건네준 창란젓 냄새가 어찌나 구수하던지. 5,000m 히말라야 산속에서 창란젓을 보니 야릇한 감정이 가슴을 찡하게 파고들었다.

저녁을 먹고 방으로 돌아오니 온기라고
는 전혀 없는 싸늘한 방에 등불마저 희미해 스
케치북도 정리할 수 없다. 침낭 속으로 파고들
어 체온으로 덥혀야 하는데 치링이 수통에 끓는
물을 담아다 준다. 수건으로 감싸 끌어안으니
첫사랑 여인의 가슴보다 더 따뜻하게 느껴진다.

아침에 일어나니 창문에 성에가 꽁꽁 얼
어붙었다. 방에서 일출을 보겠다던 생각은 애시
당초 잘못이었다. 카메라 배터리도 얼어 작동이
안 된다. 카메라만 만지작거리다 다시 침낭 속
에 얼굴을 묻는다.

아침 일찍 고락셉(Gorak Shep 5,140m)을
향해 출발했다. 벌써 등에 짐을 잔뜩 실은 야크
떼와 트레커들의 행렬이 이어지고 있었다. 마을
앞을 흐르는 냇물은 얼음이 꽁꽁 얼어 물소리만
들릴 뿐이다. 강 건너편 언덕에는 야크(수소)와
누크(암소) 떼가 한가로이 풀을 뜯고 있다. 오른
편으로 우뚝 솟은 설산과 연이어 병풍처럼 솟아
오른 첨봉들을 배경으로 한가로이 풀을 뜯고 있
는 야크 떼가 한 폭의 그림처럼 아름답다.

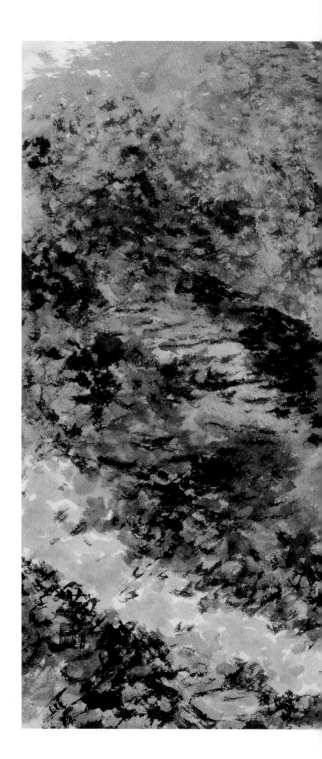

= 로부체를 떠나면서 바라본 야크 목장과 로체

＝ 로부체에서 고락셉으로 오르다 바라본 히말라야 첨봉들

= 고락셉에서 바라본 칼라파타르와 푸모리

더 높은 눈으로 더 높은 산을 바라보기 위해

마을을 지나니 오솔길 같은 산길마저 없어지고 너덜지대를 지난다. 제멋대로 굴러떨어진 돌멩이들을 비켜가며 조심스럽게 걷는다. 오고 가는 사람이 많다. 고락셉에서 내려오는 사람들은 발걸음이 가볍고 경쾌해 보인다. 하지만 칼라파타르를 오르는 사람들은 협곡의 평탄한 길인데도 몸을 가누지 못할 만큼 힘들고 지쳐 보인다. 슬로비디오를 보듯 두세 발자국 움직이고 제자리에서 숨을 몰아쉬기를 반복한다.

그렇게 호흡을 조절하며 조심스럽게 에베레스트를 향해 오르는데 거대한 바위에 영문과 한글로 된 사각 동판이 붙어 있다. 가까이 다가가 들여다보니 동판에 이렇게 새겨져 있다.

그대 더 높은 눈으로, 더 높은 산을
산 위에서 바라보기 위해 함께 왔던 악우 남원우, 안진섭
여기 히말라야의 하늘에 맑은 영혼으로 남다.

박영석 대장이 붙여 놓았나 보다. 안나푸르나의 비보가 떠올라 왈칵 설움이 복받친다. 황량하고 거친 이곳, 키 큰 나무 하나 없고 푸른 잔디 하나 없는 이런 곳을 왜 목숨을 담보로 무엇 때문에 이렇게 오르는 것일까. 풍류를 즐길 만한 맑은 물이 흐르는 계곡도 없고, 울창한 숲도 없다. 이끼도 없는 돌멩이들만 나뒹굴고, 야크똥이 범벅된 흙먼지만 바람에 일렁이고 숨 쉬기조차 힘든 이곳을 말이다.

= 큰 바위에 박영석 대장이 붙여 놓은 동판

가파른 길을 따라 산 능선에 올랐다. 동판이 붙어 있던 큰 바위가 돌멩이처럼 작아 보인다. 로부체에서 걸어온 길이 아득해 보인다. 산을 오르는 사람들은 한 발자국씩 움직이는 것조차 힘들어 하는 표정이다. 앞서가던 중국인도 점점 뒤로 처지더니 저 아래 바위에 걸터앉아 허리를 구부리고 스틱에 의지해 긴 한숨을 내쉬고 있다. 그토록 힘들게 에베레스트를 향해 오르는 사람들에게 왜 황량한 이곳을 오르느냐고 묻는다면 아마도 이렇게 대답할 것이다. "에베레스트가 이곳에 있기 때문"이라고.

해발 5,000m에서 대기 중 산소량은 해수면 산소량의 절반 정도에 불과하다. 고도 8,000m의 산소량은 해수면 산소량의 3분의 1로 떨어진다. 그럴 리야 없지만, 바닷가에서 놀던 사람을 헬기에 실어 8,000m 고도에 내려놓으면 수 분 이내에 사망한다고 한다. 그러니 헬기를 타고 오를 수도 없다. 평소의 체력이나 나이는 고소증세와 별로 상관이 없다. 체력이 좋다고 자신할 수도 없지만 약하다고 미리 주눅 들 이유도 없다.

조금 더 높은 언덕에 올라 설산을 바라본다. 아이스크림이 흘러내리듯 주름진 설산은 마치 거대한 얼음조각 작품을 연출한다. 언덕 위에는 누가 언제 세워 놓은 것인지 각지게 쌓은 돌탑에 낡은 깃발이 반쯤 잘려 나간 채 펄럭이고 있다. 어느 것은 이제 바람에 나부낄 기력조차 없는지 줄에 꽁꽁 감긴 채 땅바닥에 늘어져 뒹굴고 있다.

이제는 고도 5,000m를 훌쩍 넘어섰다. 모든 것을 신에게 맡기고 철저히 신에 복종해야 하는 영역에 들어선 것이다. 변화무쌍한 기후 변화에 인간의 의지로는 아무것도 할 수 없다는 것을 스스로 깨닫게 되는 구간이다.

6,000m 넘는 먼 산들이 낮아 보이고 눈에 보이는 모든 것은 평화롭고 고요해 보이지만, 산정에서 날리는 설운(雪雲)은 강한 칼바람이 불고 있음을 말해 준다.

= 세계 제일봉 에베레스트 정상에 서광이 비추고 있다.

거대한 절벽 아래 급물살이 폭포처럼 흐르는 계곡을 조심스럽게 건너 돌밭 가파른 사면을 가쁜 숨을 몰아쉬며 힘들게 올라서니 저 멀리 분지에 마지막 마을 고락셉이 보인다. 에베레스트를 오르는 사람들의 마지막 로지가 있는 곳이다. 고락셉 건너편으로는 칼라파타르와 에베레스트 베이스캠프로 가는 길이 확연하게 나타나 있다.

오전 11시 50분 고락셉에 도착했다. 점심을 먹고 내일 칼라파타르에 오르기 위해 주위를 스케치하며 고소 적응을 했다.

에베레스트와의 상봉

실감이 나지 않아 다음 날 새벽 5시에 일어나 칼라파타르로 올랐다. 벌써 앞서간 사람들의 랜턴 불빛이 줄을 이었다. 백두대간 종주 무박산행을 하며 이른 새벽 랜턴 불빛이 줄을 잇던 그때가 떠올랐다. 그 불빛은 줄달음을 쳤지만 이곳의 불빛은 개똥벌레 불빛처럼 느리게 움직인다.

= 한 걸음 한 걸음 에베레스트를 향해

오전 7시가 되어서야 비로소 칼라파타르 (5,550m)에 올랐다. 지구의 지붕이라 하는 히말라야 산맥 14좌 중에서도 가장 높은 에베레스트 (8,848m)를 눈앞에서 바라볼 수 있다는 것이 실감나지 않는다. 그렇게도 꿈꾸어 오던 에베레스트를 지금 마주하고 있는 것이다.

쾌청한 날씨에 구름 한 점도, 분설이 날리는 강풍도 없다. 돌탑에 매달린 타르초가 미풍에 펄럭일 뿐이다. 에베레스트 정상에 먼동이 트면서 비친 금빛 서광은 내게 상서로움을 가져다 줄 것 같았다.

에베레스트를 티베트에서는 초모랑마(세상의 어머니)라 부르고, 네팔에서는 사가르마타(눈의 여신)라 부른다. 육안으로 보면 전면에 솟은 눕체가 훨씬 높아 보인다. 그 뒤에 작게 보이는 봉우리가 세계 최고봉 에베레스트다.

자신의 몸은 낮추고 남을 앞세워 높아 보이게 하는 한없이 높고 숭고한 산 에베레스트. 우리 어머니와 세상의 어머니들이 모두 이러한 마음이 아닌가. 그래서 에베레스트를 '세상의 어머니' 의 산이라고 하는가. 칼라파타르에서 건너다본 에베레스트에서 자신은 낮추고 남을 앞세워 높아 보이게 하는 은둔과 희생의 배려를 배운다.

= 은둔과 희생의 배려를 가르쳐 준 에베레스트

= 고락셉을 오르다 바라본 설산 눕체

안나푸르나
Mt. Annapurna | 8,091m

= 란드록에서 바라본 안나푸르나 남벽과
　히운출리

"가장 좋은 여행은 언제 떠나고 언제 돌아올지 모르는 여행이다. 가장 좋은 여행지는 어디 있는지 어떤 곳인지 모르고 찾아가는 여행지다." 이는 히말라야를 두고 하는 말인 듯하다.

자연과 동화되어 원초적 삶을 살아가는 히말라야 사람들에게서는 신비에 가까운 또 다른 세계를 체험하게 된다. 자연의 이치에 순응하고 신에게 복종하며 욕심 없이 살아가는 그들의 목석초화(木石草花) 같은 삶이 설산처럼 맑고 깨끗하게 느껴져 인간의 본성을 깨닫게 한다. 그런 곳이 히말라야다.

선풍기가 멈추고 전등마저 꺼져 버린 카트만두 국내선 대합실에서 더위를 참아가며 세 시간 넘게 기다리다가 포카라행 큰 비행기에 올랐다. 이곳 사람들은 30인승은 큰 비행기라 하고 루클라나 좀솜을 오가는 16인승은 작은 비행기라 한다. 프로펠러 경비행기의 소음이 얼마나 심하면 기내 서비스 과자봉지에 솜뭉치가 들어 있겠는가.

하늘의 천막을 불끈 치켜든 마차푸차레

포카라(Pokhara)에 도착해 곧바로 전 국왕의 별장지인 피시테일(Fish Tail) 로지로 향했다. 보트를 타고 에메랄드빛 호수를 건너 찾아간 로지는 잘 가꾸어진 넓은 정원에 야자수가 줄을 지어 서 있어 마치 파타야의 어느 휴양지 같은 느낌이었다.

다음 날 이른 새벽 밖으로 나가니 간밤에 내린 비로 짙은 숲 향이 후각을 자극한다. 하늘의 천막을 불끈 치켜든 마차푸차레('물고기 꼬리' 라는 뜻)는 안나푸르나 연봉 설산들과 함께 아침을 열고 있다. 이곳 사람들이 가장 신성하게 여기는 마차푸차레(Machapuchare 6,993m)는 아직까지 누구에게도 등반을 허락하지 않고 있다.

포카라에는 8,000m급 설산에서 녹아내린 맑은 물이 고인 페와 호수가 있다. 이른 아침 물안개를 가르며 유유히 노를 젓는다면 혼자여도 둘을 느낄 수 있을 것이다. 포카라는 '네팔 제2의 도시'이자 아열대여서 겨울에도 따뜻한 네팔 최고의 휴양지다. 노을이 물든 강변 거리에는 외국인 여행객들로 넘쳐나고, 맑은 자연과 넉넉한 인심 그리고 싼 물가는 여행자들을 미소 짓게 한다.

포카라에서 차량으로 30여 분 이동해 산행 기점인 페디(1,130m)에 도착했다. 가파른 계단을 올라 산마루에 있는 담푸스(Dhampus 1,650m)에 올라서니 건너편으로 보이는 끝없는 층층 다랑논은 네팔인들의 다양한 삶의 계층을 말해 주는 듯하다.

논둑길을 따라 걷기 시작했다. 벼들이 이제 막 고개를 숙이기 시작한다. 추석이 얼마 남지 않았으니 이곳에도 가을이 찾아오고 있다. 길가 오두막 사립문은 우리나라 제주도처럼 막대를 서너 개 빗장으로 걸쳐 놓았다. 돌아다니는 가축들이 많아 무단출입을 막기 위해서라 한다.

'오전 쾌청, 오후 장대비'의 반복

마을을 지나는데 징소리와 나팔소리가 요란하게 들린다. 장례 행렬이다. 대나무로 들것을 만들어, 관도 없이 시신을 천으로 덮고 그 위에 꽃송이들로 장식한 상여가 지나간다.

이들은 내세를 믿고 환생을 믿기에 지금의 이별은 또 다른 만남으로 이루어진다고 믿는다. 그래서 별다른 큰 슬픔을 표현하지 않는다. 상여는 화장터로 가서 화장한다. 네팔은 다종교 국가로서 신분과 계급에 따라 화장하는 방식도 다양하다.

입산 신고를 하는 포타나(Pothana 1,890m)에 도착해 수제비로 점심을 먹고 나니 갑자기 장대비가 쏟아진다. 오전에 쾌청하던 날씨가 오후에는 장대비가 내린다.

6월에서 9월까지 몬순기에는 이 같은 현상이 반복된다. 지금은 몬순기가 끝나지 않아 우중산행을 해야 한다. 그러나 수시로 변하는 운무 사이로 거대한 청록 산군이 또 다른 신비함을 더하고, 안개비가 농담을 달리하니 산천은 몽환적인 선화(仙畵)를 보는 듯하다.

오후 6시 30분 란드록(Landrok 1,565m) 셰르파 호텔에 도착해 따끈한 밀티(설탕+물소 우유+녹차) 한 잔을 마시니 가슴에 온기가 돈다. 어둠이 내려앉은 협곡 건너편 더 높은 곳에 작은 불빛이 인적을 느끼게 한다.

새벽 5시에 일어나 밖으로 나와 보니 안나푸르나 남벽과 히운출리, 마차푸차레가 고래등 같은 검푸른 산줄기 끝자락에 백상어처럼 솟아올라 아침을 맞는다. 마당가의 붉은 달리아가 기지개를 켜고, 굴뚝에는 아침을 준비하는 하얀 연기가 솟아오른다.

요즘 우리에겐 귀한 꽃이 되어 버린 붉은 달리아가 이곳에는 집집마다 곱게 피었다. 초가지붕에는 수북이 자란 잡초가 세월을 느끼게 하고, 텃밭에는 수확이 끝난 옥수숫대가 꼿꼿하게 서 있다. 골목에서 만난 해맑은 아이들은 한국인만 보면 "나마스떼" 하고는 두 손을 벌리고 "초콜릿" 한다.

= 운무 사이로 한 폭의 선화(仙畵)가 펼쳐져 있다.

진풍경에 빠져 사진촬영을 하다 쐐기풀에 종아리를 쏘였다. 쐐기풀은 약간 스치기만 해도 쐐기에 쏘인 것처럼 한동안 무척 따갑다.

히말파니에 도착했다. 티하우스 뒤로 거대한 폭포가 장관을 이루며 쏟아지고 집 앞으로는 강이 흐른다. 청산 너머 설산이 우뚝하니 산천경계 수려한 이곳에서 그림이나 그렸으면 좋겠다는 생각이 든다.

한 여인이 수돗가에서 양털을 두들겨 빨고 있다. 이곳 사람들은 닭과 오리, 염소, 양, 개와 함께 살아간다. 작은 텃밭에는 사탕수수와 채소를 심어 놓았다. 차와 함께 가져온 설탕도 텃밭에서 수확한 사탕수수로 만든 것이라 한다. 셰르파 치링이 옥수수 볶은 것을 쟁반에 담아와 고소증에 좋으니 많이 먹으라고 권한다.

고사리를 뜯으며 거대한 뉴 브리지를 건너 급경사를 다시 오르니 셰르파와 외국인 두 여인이 걸어온다. 한 여자는 셰르파의 손을 붙잡고 걷는다. 앞을 못 보는 맹인이다.

안나푸르나 베이스캠프까지 다녀온다고 한다. 앞을 볼 수 없는 사람이 왜, 무엇 때문에 그곳까지 다녀오는 것일까. 저 사람은 무엇을 느꼈을까. 느낌? 그래, 여행은 나만의 느낌이다. 어느 누구도 느끼지 못하는 나만의 느낌을 화선지 위에 눈을 감고라도 그릴 수 있어야 한다는 생각이 가슴을 짓누른다.

자꾸 뒤돌아보며 그가 무사히 내려가기를 기원한다. 어쩌면 히말라야는 꿈과 욕망이 있는 모든 사람에게 불가능을 가능케 하는 힘을 불러일으키는 곳이라는 생각이 들었다.

= 도반에서 올라서다 만난 무명폭포

= 안나푸르나 베이스캠프와 안나푸르나 남봉

가파른 계단을 힘겹게 올라 지누단다(Jinudanda 1,780m)에 도착하니 빗방울이 떨어지기 시작한다. 점심을 먹고 나자 빗줄기는 더욱 세차게 쏟아진다. 이곳에 노천온천(Hot Spring)이 있다고 하지만 지금은 관심이 없다. 판초를 입고 중무장을 한 후 산행을 시작했다. 급경사를 올라서니 땀이 비 오듯 해 빗물인지 땀방울인지 분간이 안 간다.

아침엔 멀쩡하던 날씨가 점심때부터 밤늦게까지 장대비가 쏟아진다. 이런 날씨가 산행이 끝나는 날까지 이어졌다. 쇠똥을 밟고 종아리는 거머리에 물려 양말 위까지 피가 스며나왔다. 숲을 지날 때면 머리 위에서도 거머리가 떨어지니 신경을 쓰며 걸어야 한다.

이들의 행복지수가 높은 이유

지누단다에서 촘롱(Chomrong 2,170m)까지는 급경사 오르막길이어서 인내심을 갖고 천천히 걸어야 한다. 계단을 오르며 운무 사이로 건너다 보이는 끝도 없이 이어진 계단식 밭에는 물소들이 군데군데 모여 풀을 뜯고 있다. 빗줄기는 점점 세차게 뿌린다. 수시로 변하는 운무는 신들린 붓놀림으로 산수화를 그려댄다. 발아래 지누단다는 그림 속의 작은 오두막처럼 운무 속으로 점점 사라진다.

스케치 산행에서 날씨는 매우 중요하다. 그래서 걱정이 앞선다. 깊고 거대한 협곡은 그 깊이를 알 수 없고, 솟아오른 봉우리들만 바다 위의 섬처럼 다도해를 이룬다.

빗속에 질퍽대는 쇠똥을 밟으며 간신히 촘롱에 도착했다. 촘롱은 매우 번화한 마을이다. 마차푸차레와 안나푸르나, 히운출리가 정면으로 잘 보이는 매우 아름다운 곳이다. 이렇게 경사진 곳을 따라 마을이 발달한 이유가 궁금하지만 아무튼 윗동네에 로지와 레스토랑이 밀집해 있고, 아랫동네에는 현지인들이 산다.

= 빗속에 출렁다리를 건너고 있다.

여기서 다큐 차마고도에서 보았던 짐을 나르는 당나귀 행렬을 만났다. 요란한 원색 장식에 어른 두 주먹만큼 큰 워낭을 목에 달고 무거운 짐을 진 채 빗속의 계단을 오른다. 워낭 소리가 유난히 청량하게 느껴진다.

KRPANA 게스트하우스에 숙소를 정하고 2층 베란다에서 안개 걷히기를 기다려 스케치북을 펼친다. 셰르파 치링이 밀티와 찐감자를 가져다준다. 어쩌면 감자 모양이 그리도 못생겼는지. 그렇지만 고산 감자라서 맛은기가 막히다.

블랙야크 문화원정대원으로 함께 간 두 사람은 준비해 온 앞치마를 두르고 포터들을 불러 이발을 해 주고, 윗마을과 아랫마을 중간쯤에 있는 학교까지 찾아가 학생들 머리도 잘라 주었다. 피곤함도 잊은 채 그곳 사람들을 위해 봉사하는 그들이 참으로 고맙다. 저녁 식사는 산을 오르며 채취한 고사리무침을 곁들여 맛있게 먹었다.

아침에 일어나니 온 세상이 운무에 휩싸였다. 몽환적이다. 앞마당 달맞이꽃은 함초롬히 젖었다. 황진이가 가을비에 젖어 서화담을 찾았을 때 그리움의 표현으로 한손에 달맞이꽃을 들고 있었다는데, 그때도 저토록 애잔해 보였을까. 그래서 화담은 황진이를 선방으로 불러들였던가.

서서히 운무가 걷히더니 설산이 모습을 드러내기 시작한다. 청록의 산비탈엔 하얀 폭포들이 장관을 이룬다. 비가 그친 지금 협곡의 안개구름은 산정을 향해 줄달음친다.

안나푸르나를 오르는 길은 외길이다. 바닥엔 자연석이 깔렸다. 가축도, 사람도 같은 길을 걸어간다. 길은 쇠똥 천지지만 오후가 되면 장대비가 말끔히 청소를 한다.

협곡을 흐르는 강(Chhomro khola) 위에 걸쳐진 출렁다리까지 내려섰다 다시 올라선다. 숙소에서 1시간 10분을 걸어왔다. 촘롱에 있는 학교를 간다며 교복 입은 어린 두 학생이 뛰어간다.

쉼터에서 아이들에게 초콜릿을 나누어 주는 모습을 보며 한국 사람들의 인정 때문에 네팔 아이들의 치아가 나빠진다는 말이 떠오른다. 이곳 사람들은 아이나 어른이나 양치질을 잘 하지 않는다.

시누와(2,360m)에는 야생 메밀꽃이 한창이다. 물봉선화와 다양한 색깔의 야생화가 지천으로 피었다. 이렇게 야생화가 넘쳐나는데 작은 오두막 집이라도 못 쓰는 용기에 흙을 담아 꽃을 가꾼다. 이들은 천성이 착하고 아름다운 것을 좋아하는 사람들인가 보다. 그래서 네팔 사람들의 행복지수가 문명 세계 사람들보다 훨씬 더 높은 게 아닐까. 행복은 결코 물질문명이 가져다주는 것이 아니라 내 마음 안의 행복인 것이다.

영화 '아바타' 속으로 들어가다

영화 '아바타'의 한 장면 같은 산모퉁이를 돌아서니 티하우스가 나타났으나 주위는 온통 안개구름으로 뒤덮였다. 산 밑에서 불어오는 안개바람이 금방 냉기를 느끼게 한다. 강한 바람에 어쩌다 구름이 걷히고 파란 하늘과 검푸른 산 능선이 잠시 나타났다 사라진다.

원시의 정글지대로 들어섰다. 영화 '아바타'의 한 장면이 떠오른다. 히말라야가 아니라 열대 오지라는 착각에 빠진다. 여기저기서 원숭이들이 소리를 지르며 줄타기를 하고, 나뭇가지는 온전한 게 없다. 모두 이끼와 고사리과 식물들로 둘러싸여 있다. 살아 있는 가지에 마치 옷을 두른 듯하다.

운무에 감싸인 히말라야 호텔과 폭포

= 마차푸차레 베이스캠프와 마차푸차레의 위용

이곳은 추위와는 무관하다. 겨울에도 눈이 내리지 않는다. 바위도 형체를 알아볼 수 없을 정도로 야생화와 이끼로 뒤덮였다. 등산로 주위는 온통 꽃밭이다. 에덴동산이 따로 없다. 나는 천마를 타고 숲 속을 유영하는 듯한 착각에 빠진다.

숲 사이로 보이는 건너편 산자락에는 끝을 알 수 없는 폭포가 요란한 소리를 내며 쏟아진다. 급경사에서 쏟아져 내리는 물줄기를 폭포라 해야 할지 강줄기라 해야 할지 모르겠다. 누군가 나에게 낙원이 어떤 곳이냐고 묻는다면 자신 있게 안나푸르나를 찾아 정글이 있는 숲을 걸어 보라고 할 것이다.

숲 속을 빠져나오니 섶다리가 나타난다. 수시로 불어나는 폭우에 고정 다리를 놓을 수 없나 보다. 그래서 통나무와 풀로 엮은 섶다리를 놓은 곳이 많다. 산사태로 길이 없어진 바위 사면에 옹색하게 설치해 놓은 통나무 길은 용기가 없으면 건널 수가 없다.

목숨 걸고 건너와 뒤를 돌아보니 내려갈 일이 걱정이다. 잠시 평탄한 길이 이어지다가 가파른 계단 길이 우리를 협곡으로 끌어내린다. 야생 염소 떼가 비탈진 바위틈에서 풀을 뜯으며 조롱이라도 하듯 자꾸 쳐다본다. 곳곳에 대나무가 많아 죽순을 채취해 요리를 한다고 한다. 대나무숲 터널을 통과하니 뱀부(Bamboo 2,310m)다. 유난히 꽃을 많이 가꿔 놓은 집에서 죽순요리로 점심을 먹었다.

오늘도 예외 없이 장대비가 쏟아진다. 도반(Doban 2,600m)에 도착하니 비가 더욱 세차게 쏟아진다. 널어놓은 빨래가 비를 맞고 있다. 빗물에 빨래를 하는 것인지도 모르겠다.

= 영산(靈山) 마차푸차레를 바라보다.

도반에서 올라서는데 거대한 폭포가 발걸음을 멈추게 한다. 치링이 눈치를 채고 우산을 받쳐 준다. 스케치북을 펼친다. 비 오는 날의 수묵화 한 폭을 그린다. 저토록 거대한 폭포가 이름도 없는 무명폭포라니, 말이나 될 법한가. 하기야 4,000~5,000m 되는 산봉우리들도 제 이름 하나 갖지 못하는 처지에 몇 백 미터 폭포쯤이야 이곳에서는 그저 산골짝 물줄기쯤으로 여겨지겠다는 생각도 든다. 만일 우리나라에 있었다면 거창한 이름이 붙었을 것이다.

세속의 무거운 짐을 내려놓고

히말라야 호텔은 말이 호텔이지 일반 로지와 다름없다. 이곳은 호텔, 게스트하우스, 로지를 크게 구별 짓지 않는 듯했다. 중국도 주점, 반점, 빈관, 호텔의 구별이 없듯이.

숙소에 짐을 풀었지만 비에 젖은 몸을 녹일 온기라고는 어디에도 없다. 아직 우기가 끝나지 않아 침상 매트리스는 눅눅해서 누울 수가 없다. 간밤에 비가 너무 많이 내리면서 발전기에 오물이 덮쳐 작동이 안 된다고 가이드가 촛불을 가져다준다. 침상 위에 풀어놓은 카고백에 생쥐가 들락거리며 벌써 빵봉지를 뜯고 있다. 아마 동침을 해야 할 모양이다.

밤을 지새우고 아침에 일어나 히말라야 호텔과 어우러진 장관을 스케치한 뒤 어른 키만큼 자란 나무 숲길을 따라 40분쯤 오르니 힌코케이브 (Hinko cave 3,170m 커다란 바윗덩이)가 나타난다. 그곳에서 바라본 데우랄리는 한 폭의 그림 같다. 산천의 녹색은 싱그러움을 더하고 하늘은 더욱 푸르고 높아 청명하게 느껴진다.

= 안나푸르나의 위용

82

= 달빛 아래 올려다본 마차푸차레

고소증도 잊은 채 절경에 동화되어 발걸음이 가볍다. 40여 분 올라가니 로지가 몇 채 있는 데우랄리 마을(Deurali 3,230m)이다. 이곳에서 고소증으로 안나푸르나 베이스캠프 등정을 포기하고 동료를 기다리고 있는 한국인을 만났다. 그외에도 이 안나푸르나 베이스캠프 길에서는 한국인을 수시로 만날 수 있다.

완만한 분지 같은 곳에 모디콜라(Modi khola) 물줄기 옆으로 초원지대가 펼쳐졌다. 백두산 청석봉을 끼고 트레킹하는 느낌이다. 운무가 다시 밀려온다. 에델바이스를 닮은 하얀색 작은 꽃들이 지천으로 무리지어 피어 있다. 보라색과 노랑꽃이 어우러지니 아름다움이 더하다.

마차푸차레 베이스캠프(3,700m)에 도착했다. 아직은 시즌이 아니라 로지가 한산하다. 캠핑장 곳곳은 감자밭이다. 이곳이 겨울철에는 텐트촌을 이룬다. 아직 고소증은 염려했던 만큼 큰 문제가 없다. 마차푸차레 베이스캠프 주변은 기암군으로 병풍을 이루고 다시 이중으로 토성을 쌓은 듯 크레바스가 둘러쳐져 있다. 입출구가 확실하고 분지로 움푹한 중앙부에 깨끗한 게스트하우스가 세 동 있다.

한밤중에 일어나 달빛 아래 마차푸차레를 올려다보았다. 나는 산의 울림을 들었고, 달빛에 비친 그 영산(靈産)의 웅이로운 자태는 나의 심장을 달아오르게 했다.

다음 날 새벽 4시 안나푸르나 베이스캠프(4,130m)를 향해 오른다. 검둥개가 앞장서서 길을 안내한다. 마차푸차레 베이스캠프에서 안나푸르나 베이스캠프로 오르는 길은 갖가지 야생화가 피어 있어 마치 천상화원처럼 느껴진다. 드디어 안나푸르나 베이스캠프에 올라 '풍요의 여신' 품에 안겼다. 과거와 미래가 함께 녹아 가슴을 파고든다.

안나푸르나의 달밤은 춥고 어두운 밤이 아니었다. 둥근 달은 밝게 산정을 비추며 포근하게 나를 감싸안았다. 세속의 무거운 짐들을 모두 내려놓고 가라 했다.

다울라기리

Mt. Dhaulagiri | 8,167m

= 말파에서 올려다본 설산 군봉들

'하얀 산' 다울라기리

산정에 일렁이는 바람을 그리기 위해 히말라야를 찾는다. 형(形)이 없는 바람에서 상서로운 기운을 느끼기 때문이다. 보이는 것이 형(形)이라면 보이지 않는 것을 기(氣)라 한다. 다울라기리(Dhaulagiri 8,167m) 산정에 날리는 하얀 설운에서 바람의 실체(形)를 볼 수 있고, 신의 영기(靈氣)를 느낄 수 있다.

다울라기리는 산스크리트어로 '하얀 산'이라는 뜻이며 히말라야 산들 중에서 유난히 바람과 눈이 많은 산이다. 그래서 에베레스트나 안나푸르나처럼 일반 트레커들이 쉽게 접근할 수 있는 그런 곳이 아니다. 산행 시작점까지 가는 것도 경비행기로 포카라에 도착해 버스와 지프차를 번갈아 타고 험준한 산길을 꼬박 이틀을 찾아 들어가야 한다. 그리고 산행 중에는 로지가 한 곳도 없어 막영을 해야 하는 어려움도 감수해야 한다.

1808년 서구에 다울라기리가 처음 알려졌을 당시에는 세계에서 가장 높은 산으로 여겨졌다. 그리고 1960년 5월 13일 스위스와 오스트리아 연합 등반대가 최초로 등반에 성공했다. 따지고 보면 히말라야는 오랫동안 신비에 싸인 채 인간의 접근을 거부해 오다 신의 거처인 정상을 알몸으로 보여 준 것이 얼마 되지 않는다.

포카라에서 안나푸르나 트레킹 때 들렀던 한국음식점 산마루에서 점심을 먹고 오후 1시 다울라기리 산행 기점인 말파를 향해 출발했다. 베니, 타토파니를 거쳐 다나에서 휴식을 취한 후 말파까지 꼬박 이틀을 차량으로 이동했다. 급커브에 굴곡이 심한 산간도로에서 요철이 심하고 누더기가 되어 버린 아스콘 포장도로는 비포장도로보다 훨씬 더 위험천만이다. 그런 도로를 곡예하듯 무한 질주하는 차량들은 간담을 서늘하게 한다.

하지만 그것은 외지에서 온 우리의 느낌일 뿐, 이들은 아무렇지도 않은 표정이다. 더욱이나 흙먼지 휘날리며 기우뚱대는 버스 지붕 위에 올라탄 사람들이 튕겨 나갈까 손에 땀을 쥐지만 천성적으로 여유로움이 몸에 밴 이곳 사람들은 하나같이 밝은 표정이다. 문명에 소외되고 물질적으로는 가난하지만 불평하지 않고 행복을 느끼며 살아가는 이들의 여유로운 모습에서 진정한 아름다운 삶이 무엇인가를 깨닫게 된다.

안나푸르나 산행 시작점인 페디를 지나 나선형 지그재그 고갯길을 넘어서니 나야푸르다. 지난번 안나푸르나 산행 때 하산했던 곳이다. 이곳에서 마신 시원한 '에베레스트맥주' 맛이 아직도 혀끝에서 감돈다.

행복은 여유로움에서 오는가

점점 첩첩오지 산속을 찾아 들어간다. 차창 밖으로 보이는 산비탈에는 삶의 잔주름 같은 계단식 논과 밭이 끝을 알 수 없이 이어지고, 어쩌다 나타나는 마을은 욕심 없는 사람들이 살아가는 곳처럼 평온해 보인다. 그래서 네팔에서도 이 지역에 사는 사람들을 부러워하며 신에게 축복받은 풍요의 땅이라 말한다.

축대를 쌓지 않은 강줄기는 곳곳이 침하되어 그대로 방치되어 있다. 몬순기에는 강물이 범람해 위험하겠지만 지금은 건기라서 강물이 넘칠 리는 없다. 그런 강줄기를 따라 흙먼지 휘날리는 비포장도로를 힘겹게 달려 닿은 곳이 베니(Beni 830m)다.

먼저 도착한 트레커들과 현지인들이 서성거리며 다음 행선지로 떠날 차량을 기다리고 있다. 이곳 베니는 다울라기리 라운드 트레킹 코스 동쪽 방향과 서쪽 방향의 두 갈래 길로 나누어지는 곳으로 상당히 번잡하다. 그리고 다울라기리 히말(Dhaulagiri Him, II-7,751m, III-7,715m, IV-7,661m, V-7,618m, VI-7,268m) 연봉을 바라보며 다울라기리 베이스캠프(4,748m)로 오르는 길과 좀솜 방향 말파에서 야크 크레카를 거쳐 담푸스 패스(Dhampus Pass 5,244m)로 오르는 양 방향으로 나누어지는 지점이다.

여기저기 아무렇게나 앉아 흙먼지 속에서도 게임을 즐기며 시간을 보내는 여행객들이 참으로 자유스럽고 여유로워 보인다.

눈에 잘 띄지도 않는 작은 움막에 두 사람이 앉아 표를 판다. 차량을 기다릴 수 있는 대합실은 꿈같은 이야기다. 달밧을 파는 오두막 식당에는 사람들로 붐벼 안으로 들어설 수도 없다. 겨우 식사를 마치고 요란한 폭음소리에 밖을 보니 까마귀 한 마리가 고압선에 감전되어 추락했다.

로지가 없어 미리 야영 연습을

오후 4시가 되도록 우리가 타고 갈 버스는 나타나지 않았다. 마음이 조급해진 셰르파 덴바가 지프차를 흥정해 타토파니(Tatopani 1,190m)로 향했다. 날은 벌써 어두워지는데 도로 사정은 말로 표현하기 힘들 정도로 엉망이다. 하늘에 운명을 맡기고 가야 할 형편이다. 우리나라 강원도 산골의 임도는 정말 양반길이다. 앞뒤 좌우로 흔들리며 덜컹대는 지프차 천장에 머리를 부딪치고, 옆구리는 의자에 부딪쳐 온몸이 성한 데가 없을 정도다.

= 협곡을 따라 비포장도로를 힘겹게 달리는 버스

저녁 8시가 넘어서야 타토파니 안나푸르나 호텔에 도착했으나 먼저 온 사람들이 많아 건물 옥상에 텐트를 쳐야 했다. 폭포를 타러 오는 유럽인들이 갑자기 많아져서 방이 없다는 것이다. 로지가 없는 다울라기리 산행 때 야영을 하기 위해 가져온 텐트로 미리 야영 연습을 하는 셈쳤다.

옥상 텐트에서 바라본 밤하늘의 별빛은 유난히 아름다웠다. 타토파니는 온천(타토) 물(파니)이 있는 곳이라지만 어딘지 알 수는 없다.

요란한 물소리와 더불어 여명이 밝아온다. 유럽인들은 물길을 거슬러 오르는 연어처럼 폭포를 타고 오르기 위해 헬멧을 쓰고 로프와 배낭을 챙겨 아침 일찍 떠난다. 이곳은 수량이 풍부하고 급류와 폭포가 많아 카누, 래프팅을 즐기며, 폭포를 거꾸로 오르는 사람들이 많이 찾는다고 한다. 우리나라에서 겨울이면 빙폭을 타고 오르는 것은 보았으나 거센 폭포 물줄기를 역으로 거슬러 오르며 즐기는 산행은 처음 보는 것이라 다소 생소한 느낌마저 들었다.

여명에 유난히 하얗게 빛나는 강줄기와 설산의 첨봉들이 어우러진 타토파니의 아름다움을 스케치북에 담고 미니버스로 말파로 향했다. 이곳에서 말파까지는 덜컹대는 차를 타고 또다시 하루 꼬박 이동해야 한다.

출발한 지 얼마 되지 않은 지점에서 벌써 폭우로 도로가 쓸려 내려갔다. 조수 2명이 내려 바위를 고른 뒤 겨우 비탈길을 올라서는 버스가 안쓰러울 정도다. 거대한 절벽 위에서 쏟아지는 폭포 아래 옹색하게 만들어 놓은 통나무다리를 건널 때는 불안하고 오금이 저려 차라리 차에서 내려 걷고 싶은 심정이었다.

= 말파의 돌담집과 골목길

협소하고 위험한 이런 도로에서도 오토바이는 곡예하듯 질주하고 자동차끼리 서로 비킬 때는 바퀴 하나가 허공에 들린 느낌이 들어 숨을 쉬기도 어렵다. 그런데 현지인들과 운전기사는 아무렇지도 않은 듯 깔깔대며 농담을 주고받는다. 행복은 여유로움에서 오는가 보다. 내가 탄 차는 어차피 말파까지 가야 하는데 노심초사해 본들 무슨 소용이 있겠는가. 운명은 재천이라고 했다. 그래서 그들처럼 느긋해지려고 애를 써보지만 그것이 그리 쉬운 일인가.

호수처럼 넓은 칼리 간다키 강바닥

안나푸르나 북벽(North Annapurna Basecamp 4,190m)으로 오르는 갈림길이 있는 다나(Dana 1,440m)를 지나 제법 큰 마을인 가사(Ghasa 2,010m)에 도착했다. 이곳에서 지금까지 타고 온 차량을 환승한다. 운행하는 구간이 나뉘어 있어 그 구간을 벗어날 수 없기 때문이다. 그래서 종착역처럼 많은 사람이 차를 기다리거나 택시를 흥정하느라 북적댄다. 한쪽에서는 시간을 보내기 위해 먼지가 날리는 와중에도 포커놀이를 하고 있다.

이곳은 시간 개념이 없기 때문에 차가 제시간에 도착하는 일이 거의 없다. 아예 배차 시간표도 없다. 몇 시간을 기다린 후 겨우 버스를 타고 협곡을 빠져나오니 전혀 다른 풍경이 펼쳐진다.

칼리 간다키(Kali Gandaki) 강바닥은 호수처럼 넓다. 마치 썰물 때 강화도 앞바다 갯벌에 난 갯고랑을 보고 있는 느낌이다. 여러 갈래의 물줄기는 넓은 강바닥을 아무렇게나 한동안 흐르다 넓은 강바닥 끝자락에서 한곳으로 모여들어 협곡으로 흘러내리며 하얀 포말의 급물살을 이룬다.

= 가사에서 버스를 기다리는 사람들

≡ 닐기리 연봉(1봉, 2봉, 3봉)과 향나무 군락

다울라기리 산행 기점인 말파(Marpha 2,670m)에서 걸어서 한두 시간이면 네팔에서도 오지라고 하는 좀솜이 있다. 포카라에서 경비행기로 25분이면 좀솜에, 이어서 차량으로 10여 분이면 말파에 쉽게 도착할 수도 있다.

그러나 닐기리 산허리를 타고 협곡으로 내려앉아야 하는 좀솜행 비행기는 고산의 변덕스런 기후 때문에 결항이 잦아 믿을 수가 없다. 그래서 대부분 다울라기리 산행을 위해 힘들어도 육로를 선택한다. 하지만 다시 포카라로 나갈 때는 육로를 이용하고픈 마음이 조금도 없었다.

입구에 만트라(Mantra)가 들어 있는 전경기통을 돌리며 마을로 들어서니 몇 사람 겨우 지날 수 있는 좁은 골목이다. 돌담으로 둘러싸인 집들은 하얀색 페인트칠을 했고 문짝은 하나같이 갈색 목재다. 집 밖으로는 물건을 내놓지 않아 골목은 산골 마을답지 않게 정갈했다. 닐기리가 잘 보이는 네루 게스트하우스 2층에 짐을 풀었다. 이곳엔 사과나무가 많아서 그런지 사과를 얇게 썰어서 꼬챙이에 꿰어 우리 곶감처럼 말리고 있다.

다음 날 아침 7시 15분, 다울라기리를 향해 출발했다. 서부영화에서 보았던 황폐한 민둥산은 황토먼지가 흩날리고 발길에는 돌멩이만 채일 뿐이다. 에베레스트나 안나푸르나처럼 화려한 초르텐이나 오색 깃발이 펄럭이는 타르초도 별로 눈에 띄지 않는다.

풀 한 포기 없는 삭막한 능선을 올라서니 바로 건너편에 웅장한 닐기리 연봉(Nilgiri North1 7,061m, N2/sentra 6,940m, N3/South 6,839m)의 설산이 신의 성전처럼 높아 보인다. 산허리에 감도는 운무가 신비함을 더하고 능선 끝자락에는 좀솜이 한눈에 들어온다.

조금 더 오르니 몇 백 년이나 되었을까, 아름드리 향나무가 듬성듬성 군락을 이루고 있다. 어른 셋이 팔 벌려 감싸안아도 닿지 않을 만큼 큰 고목들이다. 허리에 주름까지 잡힌 늙은 향나무는 세월의 만고풍상을 이겨낸 듯

『노인과 바다』에 나오는 노인처럼 강인하게 버티고 서 있다. 그 향나무 그늘에 앉아 닐기리 연봉의 영험한 기운을 스케치북에 담는다.

　　스케치를 마치고 산모퉁이를 돌아서니 수목한계선이 한눈에 들어온다. 키 작은 잡목들이 단풍으로 곱게 물들었다. 이곳에도 벌써 가을이 찾아왔나 보다. 하기야 수목한계선 끝자락에는 하얀 눈이 쌓였으니 가을과 겨울을 구분하기가 힘들겠다.

= 향나무 그늘에 앉아 닐기리 연봉을 스케치하고 있다.

네팔 민요 '레삼피리리'

알루바리(Alu Bari 3,908m) 카르카에서 질퍽대는 쇠똥을 밟으며 셰르파와 포터들이 해 준 점심을 먹었다. 비위가 약해 밥이 넘어가지 않았지만 추위에 떨며 해 온 그들의 정성에 감사하며 억지로 먹었다.

평탄한 길을 천천히 올라서니 겨자색 초원에 야크 카르카 캠프장(Yak Kharka Camp 3,980m)이 있다. 야크 카르카는 야크들이 비바람을 피해 쉬는 집이다. 돌담으로 지은 움막 같은 곳인데 히말라야에는 수없이 많은 지명이다. 이곳의 야크 카르카는 3,700m 부근부터 몇 개가 있으나 가장 높은 곳에 있는 야크 카르카 캠핑장이다.

바람이 점점 세차게 불어 온몸으로 냉기가 느껴진다. 다울라기리는 오후가 되면 급격히 온도가 떨어지고 강풍이 일기 시작한다. 그래서 조금이라도 바람을 피하기 위해 돌담이 둘러쳐진 곳에 서둘러 텐트를 설치했다. 벌써 안개가 밀려오고 찬바람이 텐트 폴대가 휘어질 정도로 강하게 분다. 각국에서 찾아온 트레커들도 주위에 텐트를 설치한다. 이곳에 우물이 있어 취사를 할 수 있기 때문이다.

저녁을 먹고 잠자리에 들었으나 야크들이 대피하는 돌담 안에 설치한 텐트라서 야크똥 냄새가 어찌나 지독한지 밤새 뒤척였다. 새벽에 텐트를 나서니 지난밤의 악몽은 깨끗이 씻은 듯 바람 한 점 없고 청명한 하늘에 화려하고 찬란한 별들의 축제가 벌어지고 있다. 금방이라도 머리 위에 무수한 보석이 와르르 쏟아질 것만 같았다.

여명이 밝아오자 돌담 위에 삼각대를 고정시키고 닐기리 쪽으로 솟아오른 아침 해를 촬영하기 위해 추위를 참아가며 인내심의 한계를 시험해 본다. 덴바가 따뜻한 밀티 한 잔을 가져다준다.

셰르파와 포터들은 추위에 몸을 움츠리고 식사를 준비하느라 부산하다. 설산을 박차고 솟아오른 태양은 영험한 기운을 느끼게 한다. 숨가쁘게 셔터를 눌러댄다. 텐트 위에 햇살이 곱게 물든다. 텐트에서 야영을 한 지 얼마만인가. 구름은 속세와 인연을 끊으라 하지만 아름다웠던 옛 추억들은 인연을 끊지 못하고 하나둘 양파 껍질처럼 가슴속에서 벗겨진다.

황금빛 초원 위에 듬성듬성 쌓여 있는 눈을 밟으며 산을 오르는데 갑자기 안개가 흘러내려 사위가 자욱하다. 앞서가던 포터 구상이 네팔 민요 '레삼피리리'를 흥얼대기 시작한다. 안개바람 속에 들려오는 레삼피리리는 감동적이다. 네팔인들이 즐겨 부르는 이 민요는 우리 아리랑과 같은 노래다. 부르는 사람이나 지역에 따라 우리의 진도아리랑이나 밀양아리랑처럼 즉흥적으로 노랫말을 바꿔 돌림노래로 부르기도 한다.

동봉을 향해 오르다 황금색 능선에서 에델바이스를 보았다. 눈 덮인 잡풀 사이에서 영롱한 이슬이 맺힌 에델바이스는 부스스한 눈을 비비며 막 잠에서 깨어난 산골 소녀처럼 맑고 고왔다. 노래로만 부르던 히말라야 산속 에델바이스를 다울라기리 눈 내린 황금색 능선에서 처음 마주친 것이다. 겨자색으로 변한 능선에는 형형색색의 고산식물들과 화초들이 피어 신비롭기까지 했다. 인간이 살지 않는 지구 위의 별천지, 이런 곳을 지상 천국이라 하는가 보다.

능선을 벗어나니 흑갈색 돌멩이 밭이 황무지 같은 느낌이 든다. 그곳에서 조금 더 오르니 다시 하얀 설원으로 변한다. 깊고 넓은 히말라야가 천태만상으로 다가오니 그 오묘함은 알 수 없다. 이곳은 인간의 삶의 터를 허락하지 않는 신들의 산임이 분명하다.

점점 안개구름이 걷히고 파란 하늘은 하얀 천 위에 잉크를 뿌려 놓은 듯하다. 심술을 부리던 구름이 산 아래로 몸을 낮추어 운해가 되니 곳곳의 설산 첨봉들은 범선에 돛을 올리고 망망대해를 항해하는 듯하다.

다울라기리 정상이 가장 잘 보인다는 동봉(4,600m)에 올랐다. 하얀 구름과 군청색 하늘이 조화를 이루는 그 틈새로 하얀 산, 다울라기리가 우뚝 솟아오른다.

그 웅장하고 기이로움에 숨소리마저 멎은 듯 산정에 날리는 설운(雪雲)을 바라본다. 형(形)이 없는 바람이 형으로 나타나고, 구름을 휘어감은 영봉(靈峰)에서 힘찬 영기(靈氣)가 느껴진다.

골골이 부는 영풍을 화폭에

갈대를 꺾어 붓을 만들고 군청색 하늘을 물감 삼아 일필휘지로 설원에 그어대니 히말라야 첨봉들 사이로 골골이 불던 영풍이 세상의 큰산 다울라기리를 화폭 위에 솟아오르게 한다.

═ 야크 카르카 캠핑장에서 식사를 준비하는 셰르파와 포터들

나는 산을 정복하려고 히말라야를 찾은 것이 아니다. 히말라야의 영기를 화폭에 담아 새로운 산수화의 장르를 개척하기 위해서다.

다울라기리 영봉을 스케치하고 천길 낭떠러지 사면에 실낱같은 눈길을 따라 조심스럽게 걷는다. 한치 앞을 알 수 없으니 그야말로 죽음과의 동행이다. 어쩌다 발부리에 걸린 돌멩이가 끝없이 굴러가는 것을 보면 두려움이 앞선다. 어디서 천둥소리가 들려온다. 눈사태가 크게 난 모양이다.

오후가 되니 싸락눈이 오락가락한다. 좁은 눈길에서 짐을 잔뜩 실은 당나귀 떼나 포터들을 만나면 발 붙일 곳이 없어 위험천만한 경우가 한두 번이 아니다. 바람에 날려 앞서간 사람의 발자국이 없어지고 운무가 끼어 몇 미터 앞도 안 보일 때는 방향 감각을 잃어 불안을 느낄 때도 있었다. 점심을 준비해야 한다며 셰르파 덴바마저 앞서 가버리고 혼자가 될 때는 정말 난감하기만 했다.

= 히말라야의 모정. 짐을 지고 가는 아들의 모습을 바라보고 있는 어머니

칼로파니(Kalopani 4,980m)에 도착했다. 건너편에는 중국인들이 단체로 온 듯 떠들썩하다. 눈보라 속에 겨우 텐트를 치고 저녁을 먹으려는데 고소증 때문에 속이 몹시 울렁거린다. 두통약과 다이목신, 아스피린까지 먹었지만 효과가 없다. 저녁에는 먹지 말아야 할 이뇨제(다이목신)를 먹고는 강추위에 밤새 텐트를 들락거렸다. 여간 고통스런 일이 아니었다.

지난밤 추위에 비해 아침은 그렇게 춥지는 않다. 건너편 산정에 아침 햇살이 찬란하게 비친다. 투쿠체(Tukuche 6,929m)에 가리어 다울라기리 정상은 볼 수 없지만 투쿠체의 장엄한 설산을 스케치북에 올려놓는다.

밤 사이 내린 눈으로 등산로가 자취를 감추었다. 오늘 일정은 담푸스 패스(Dhampus Pass 5,244m)까지 다녀와 이곳에서 다시 야영할 계획이었다. 그러나 계획을 바꾸어 하산하기로 했다. 눈이 많이 내려 등산로가 위험하고 담푸스 패스까지 간다 해도 여기서 바라본 조망이나 별로 다를 게 없다고 한다.

= 칼로파니에서 투쿠체의 영험한 기운을 화폭에 옮기고 있다.

그래서 아침을 먹고 닐기리와 다울라기리 정상을 한꺼번에 바라볼 수 있는 동봉까지 서둘러 하산했다. 다울라기리란 '하얀 산'이란 뜻이라더니, 간밤에 내린 눈으로 온 세상이 순백으로 변해 더욱 하얀 태백산(太白山)이 되었다.

청명한 날씨에 더욱 뚜렷하게 솟아오른 정상을 스케치하고 닐기리 쪽을 뒤돌아보는데 몇 백 미터 아래 하얀 계곡 눈 위에 인도인이 누워 있다. 아무도 다가갈 수 없는 그곳에 산이 좋아 편히 누워 있는 것인가. 지난밤 칼로파니로 오르다 이곳 동봉에서 바람에 날렸다고 셰르파 덴바가 설명을 한다.

히말라야 무엇이 그토록 수많은 사람들을 끌리게 하는 것일까. 저렇게 목숨을 담보로 한 큰 희생을 치르면서까지. 그것은 히말라야를 가보지 않은 사람은 이해하기 힘들 것이다. 한번 빠져들면 끊을 수 없는 깊고 큰 인연을 말이다. 히말라야이기 때문에 느끼는 영기로 가득 찬 크고 넓은 가슴과, 어느 곳에서도 보지 못한 바람소리를 볼 수 있기 때문이 아닐까.

= 온 산이 순백으로 변한 다울라기리

= 묵티나트에서 바라본 다울라기리

칸첸중가

Mt. Kanchenjunga | 8,568m

= 팡페마에서 바라본 칸첸중가 정상

어려운 트레킹 끝에 만난 보물 같은 풍광

히말라야 14좌 중에서 등정이 가장 힘들고 위험하다는 칸첸중가(Kanchenjunga 8,586m)는 네팔 동부에 위치해 있다. 세계에서 세 번째로 높은 칸첸중가는 에베레스트가 발견되기 전까지는 영국 탐험가들이나 유럽의 산꾼들이 세계에서 가장 높은 산으로 여겼던 곳이다.

칸첸중가는 8,400m가 넘는 칸첸중가 주봉(8,586m), 서봉(얄룽캉 8,505m), 중봉(8,473m), 남봉(8,476m)과 캄바첸(7,902m)까지 다섯 봉우리가 있어 '다섯 개의 눈(雪)의 보고'라는 뜻을 가지고 있다. 이렇게 8,000m급 봉우리들이 한 군데 몰려 있는 곳은 칸첸중가뿐이다.

칸첸중가는 카트만두에서 250km 떨어진 비라트나가르(Biratnagar)에서 차량으로 이틀간 이동하면 트레킹 시작점인 타플레중(Taplejung 1,870m)에 도착한다. 이곳에서 다시 군사(Ghunsa 3,595m)를 거쳐 열흘을 걸어야 칸첸중가 베이스캠프인 팡페마(Pangpema 5,143m)에 다다를 수 있다.

카트만두 공항을 출발해 비라트나가르에서 지프차를 타고 비림으로 이동했다. 히말라야를 찾았다는 사실을 망각할 정도로 열대우림의 무더운 날씨가 한여름 같았다. 차창으로 보이는 2층 초가집 울타리에는 바나나가 주렁주렁 매달려 있고, 누렇게 익어가는 자몽의 무게를 이기지 못해 나뭇가지가 축 늘어졌다.

푸른 들판에는 물소와 염소들이 한가로이 풀을 뜯고, 헐렁한 반바지 차림의 목동은 나무 그늘에 팔베개를 베고 누워 무릎을 세운 채 양다리를 꼬고 오수에 빠졌다. 이렇게 한가로운 전원 풍경을 바라보며 평원지대를 관통하는 포장도로를 따라 한동안 달리다가 점점 가파른 지그재그 산길로 접어들어 오르내리기를 반복, 저녁 늦게 비림 마을에 도착했다.

다음 날 자동차로 갈 수 있는 종착지인 타플레중으로 향했다. 비림에서 타플레중까지는 78km라고 하지만 4시간에 걸쳐 오르내리기를 반복하며 가야 하는 길은 한없이 험하고 멀게만 느껴졌다. 도로 상태가 워낙 좋지 않아 평균 시속 20km로 달렸다.

타플레중은 인구 2만 명 정도의 산중 마을이다. 거리 양쪽에는 현지인들의 생활용품과 식료품을 파는 시장이 형성되어 있다. 길거리에서 만난 나이 든 여인들은 대부분 코 장신구를 하고 있다. 몽골 계통인 림부(Limbu)족의 전통이라고 한다. 타플레중에서 유일한 자라 호텔에 여장을 풀고 휴식을 취하는데 발전기 돌아가는 요란한 소리가 끊어졌다 들렸다 한다.

트랙터가 겨우 다닐 수 있는 길을 조금 지나 곧바로 비탈진 산길로 접어들었다. 푸름부(Phurumbu 1,542m)에 도착하니 우리 추석 명절과 같은 '다사인(Dashain) 축제' 기간이어서 학교는 휴교 중이다. 잔디가 깔린 학교 옆 운동장에 텐트를 치고 한가로운 전원 풍경을 스케치하며 오후에는 휴식을 취했다.

다사인 축제는 힌두교에서 가장 큰 축제다. 네팔은 80%가 힌두교도여서 힌두교 축제는 국가적인 축제이기도 하다. 일년 중 이때 유일하게 우리네 세뱃돈처럼 용돈을 받고 새 옷을 선물 받는다. 관공서, 학교, 상가들도 5일간 문을 닫는다.

116

이 기간에는 객지에 나가 있던 가족들이 한자리에 모여 명절을 보낸다. 연장자는 아랫사람에게 덕담과 함께 티카(Tika)라는 붉은색 염료를 찍어 주는데 붉은색은 혈육을, 이마의 점은 신이 주는 축복을 의미한다. 덕담에 주술적인 의미가 보태지는 셈이다.

티카는 생쌀과 붉은 염료를 요구르트에 짓이겨 만든다. 축제 기간에는 마을 앞에 대나무로 사각기둥을 세워 만든 '핑'이라 불리는 그네타기를 하며 즐기기도 한다.

칸첸중가 지역은 돌로 된 집과 돌담이 대부분인 에베레스트나 다울라기리 쪽과는 전혀 다른 분위기다. 이곳은 2층으로 된 초가집이 많고 가끔 양철집이 눈에 띈다. 안나푸르나 지역이나 에베레스트 지역은 거의 관광 수입에 의존하는 반면 이곳 사람들은 목축이나 농경 재배로 고소득을 올리고 있다.

그림 같은 탐모르 강(Tamor Nai)을 바라보며 걷는데 길가 언덕 위에 작은 돌담집이 있다. 지나는 사람들이 비를 피할 수도 있고 쉬어가기도 하며, 날이 저물면 밥을 해 먹고 묵어 갈 수도 있는 주인 없는 집이다. 이런 곳을 이곳 사람들은 '다람살라'라고 한다. 우리의 정자처럼 전망 좋은 이곳에서 우리도 애호박과 감자를 넣고 수제비를 끓여 점심을 먹었다.

탐모르 강을 따라 하늘이 보이지 않는 울창한 숲길을 산책하듯 걷는다. 이곳은 아직 한여름인 듯 매미가 어찌나 크게 울어대는지 요란한 물소리보다 더욱 요란하게 울창한 숲을 헤집는다. 바위에 연둣빛 이끼가 낀 오솔길은 우리를 원시 그 자체로 인도한다. 가끔 앞을 가로지르며 스쳐 지나는 포터들의 땀 냄새가 또 다른 언어로 다가온다.

= 시장이 있는 타플레중 거리

연보라색 꽃이 흐드러지게 피어 있는 메밀밭을 지나 출렁다리를 건너 티하우스 옆으로 난 작은 등산로를 따라 계속 오르니 세카툼 캠핑장이다. 어둠이 짙게 깔리고 빗방울이 한두 방울씩 떨어진다. 고산지대 날씨는 초저녁에는 흐리다가 한밤중이 되면 맑아져 밤하늘에 영롱한 별을 볼 수 있다. 이런 날씨가 반복된다.

지난밤엔 억수장마가 질 것처럼 비가 내리더니 아침에는 햇살이 밝다. 강줄기 옆으로 난 작은 등산로를 따라 급경사 길을 오른다. 첩첩산중에 인적 없는 오솔길이다. 경사가 심한 가파른 협곡은 손을 뻗으면 건너편 산자락이 잡힐 듯 가깝다.

낡은 출렁다리 옆으로 새로 놓인 출렁다리를 건너니 장쾌하게 쏟아지는 비폭이 반긴다. 웅장하고 아름다운 경치를 놓칠 수 없어 스케치북을 펼치고 쏟아지는 폭포수를 담는다. 물보라를 이루며 튀어오른 물방울들이 수묵화로 번진다. 오랜 세월 쉬지 않고 흘렀을 그 물줄기들의 긴 이야기가 화첩 위에서 용틀임을 한다.

세카툼(Sukathum 1,576m)에서 암지로사 구간은 급경사 계단길이다. 길 옆에는 '바크라 까네' 꽃잎이 아름답게 피었다. 바크라는 염소, 까네는 귀라는 뜻으로, 염소 귀를 닮았다 해서 붙여진 이름이다.

암지로사(Amjilosa 2,308m)에 도착하니 강가 높은 언덕 위에 캠핑장이 마련되어 있다. 점심을 먹고 땀에 젖은 옷들을 빨아 담벼락과 대나무 지붕 위에 널었다. 날씨가 쾌청해 빨래하기에는 안성맞춤이다. 그동안 습기에 젖은 침낭까지 꺼내 말리고 잔디에 누워 하늘을 보니 속세를 떠나 산속에 머무는 은자(隱者)나 산중도인이 된 듯하다.

≡ 연보라색 꽃과 야크와 설산

아침 햇살을 받아 붉게 솟아오른 설산

어느새 초가을의 정취가 물씬 풍긴다. 갸블라(Gyabla 2,750m)를 향해 급경사를 오르내리다 신우대(조릿대)가 울창한 숲길을 지난다. 천길 낭떠러지 협곡 사이로 맑은 햇살이 비쳐 선경을 느끼게 하지만 발아래를 내려다 보면 오금이 저린다. 이곳 말로 낭떠러지를 '비르' 라 하고 어려운 산길을 '비르꼬 바또' 라 한다.

갸블라 캠핑장이 가까워지면서 첫 번째 설산이 시선을 끌어당긴다. 하얀 설산과 끝이 없는 폭포와 한가로운 너와지붕이 어우러지니 한 폭의 그림처럼 아름답다.

칸첸중가 가는 길은 조용하고 한가롭다. 폭포가 많고 길에는 습기가 많아 먼지가 나지 않아서 좋다. 시즌 때도 찾아오는 사람이 몇백 명도 안 된다고 한다. 그래서 에베레스트나 안나푸르나처럼 야크 행렬과 수많은 트레커들이 북적대며 일으키는 먼지 때문에 숨쉬기조차 힘든 경우가 없다. 어쩌다 2, 3일에 한 번 만나는 트레커들과 가끔 지나는 현지인들이 전부다. 산길도 자연 그대로의, 그들이 살아가는 삶의 길이다.

갸블라에서 자고 일어나니 기온이 급격히 떨어졌다. 첨봉들로 둘러싸인 아늑한 분지에 있는 갸블라 건너편으로 솟아오른 첨봉들에 붉은 서광이 비친다. 히말라야에서는 황금노을이 아름답다지만, 아침 햇살을 받아 붉게 솟아오른 설산의 화려함도 상서로움이 가득해 더욱 환상적이다.

지금까지의 산길은 산림이 울창하고 폭포가 많아 여름을 느끼게 하였다면, 이제부터는 가을에서 점점 겨울로 접어드는 분위기다. 불어오는 산바람은 개선장군의 깃발처럼 너와지붕 끝에 세워진 룽다 깃발을 펄럭이며 하늘에 소원을 전하고, 길옆에 핀 솜다리꽃은 눈이 부시도록 하얗다.

= 갸블라를 오르다 바라본 비폭(飛瀑)

강줄기를 따라 가파른 경사를 숨가쁘게 올라서니 거대한 단풍나무 군락지가 펼쳐져 있다. 그 옆에 제멋대로 자란 랄리그라스 고목들 사이로 시원한 바람이 불어온다. 산자락 계곡을 흐르는 빙하 녹은 물은 하얀 포말을 이루며 적막감을 깨뜨린다.

거대한 구상나무 군락지를 통과하니 우리나라 내장산을 연상케 하는 회색암봉 아래 오색단풍이 곱게 물들어 가고 있다. 옛적 성황당 같은 곳에 흰천으로 된 가타가 줄줄이 걸려 있다. 셰르파들이 지나면서 나뭇가지에 가타를 걸어놓고 소원을 비는 곳이다.

팔레(Phale 3,215m)는 민가가 30여 채 되는 규모가 큰 산중 마을이다. 제단을 쌓고 그 위에 커다란 성황당도 세워 놓았다. 이곳은 룸 하나(3베드)에 250루피(한화 3,250원), 뚱바(Tongba) 한 통에 150루피다. 식사 장소를 빌리는 데 300루피, 개인 텐트를 치는 데는 250루피, 식당과 주방 텐트는 400루피를 받는다. 달밧 한 그릇은 300루피다. 뚱바는 네팔 전통주로 수수와 보리를 발효시켜 작은 오크통 같은 데 넣고 더운물을 부어 잠시 기다렸다 빨대로 빨아먹는, 우리 막걸리와 비슷한 맛이 나는 술이다.

목숨을 담보로 히말라야를 찾는 이유

팔레에서 점심을 먹고 자누의 설산을 바라보며 단풍이 아름다운 계곡을 따라 군사(Ghunsa 3,595m)로 향했다. 팔레에서 군사 가는 길은 크게 어려움이 없어 마치 설악산 천불동 계곡에 단풍놀이를 나온 듯한 착각에 빠지게 했다.

히말라야 산 중에 이렇게 아름다운 단풍을 바라보며 가을의 정취를 느낄 수 있는 곳으로 칸첸중가만 한 산은 없을 것이다. 황금빛 단풍과 기암 군봉들이 어우러진 거대한 협곡 너머로 인간의 접근을 허락하지 않는 하얀 설산들이 영험스레 솟아 있는 이런 비경은 이곳만의 절경이다.

황홀경에 빠져 지치는 줄도 모르고 걷다 보니 어느새 군사다. 군사는 대부분의 트레커들이 고소 적응을 위해 하루 더 머무는 곳으로, 중간지점 마을로는 제법 큰 편이다. 하늘을 찌를 듯한 첨봉들이 사방을 병풍처럼 둘러싸고 있어 요새 같은 곳이다. 군데군데 텃밭과 야크장도 있다.

그러나 워낙 높은 봉우리들로 둘러싸여 있어 오전 10시가 넘어서야 해가 뜨고 오후 3시가 되면 해가 진다. 그래서 한번 눈이 내리기 시작하면 녹지 않는다고 한다. 때문에 이곳 사람들은 시즌이 끝나는 1월 말에 팔레 또는 갸블라로 모두 철수했다가 이듬해 3월 다시 이곳에 와서 생활한다.

군사에는 로지가 있어 모처럼 허리를 펴고 속옷을 갈아입을 수 있었다. 장작불을 피우는 아궁이에 둘러앉으니 온몸이 풀리는 듯 따스하다. 가는 날이 장날이라더니 그날 이 마을에 야크를 잡는 날이어서 주방장이 야크 갈비찜에 야크 불고기까지 곁들였다.

고소 적응을 위해 하루를 더 묵기로 하고 오전에는 군사 마을 너와 집을 스케치하고 오후에는 룽다가 펄럭이는 높은 암봉에 올라 군사 마을과 하얀 설산을 스케치했다.

군사를 떠나 캉파첸(Khangpachen 4,230m)으로 가는 길은 경사도 심하고 위험한 곳이 많아 종종 오금이 저린다. 캉파첸은 야크 목장이 있는 조용한 마을이다. 요란한 물소리를 제외한다면 말이다.

Mt. Kanchenjunga

= 캉파첸에서 바라본 산속의 전원 풍경

124

＝ 마니 돌탑 앞에서 소원을 비는 셰르파

⇒ 서광(瑞光)이 비치는 일출과 하얀 반달

캉파첸에서는 자누의 변화무쌍한 저녁노을을 카메라에 담았다. 어둠이 내려앉은 너와지붕 위에 반쪽달이 참으로 밝다. 밝은 달빛에 랜턴이 필요 없다. 산길이 뚜렷하게 곡선을 그으며 앞장을 선다. 어릴 적 고향에서 보았던 그 시골길, 그 달밤이 아련히 떠오른다.

너와지붕에 반짝이는 달빛과 하늘을 수놓은 별들, 그 아래 우직하게 솟아오른 검은색 암산과 눈덮인 하얀 산이 아름답게 조화를 이루고 있다. 이토록 아름다운 밤을 볼 수 있으니 목숨을 담보로 하며 히말라야를 찾는지도 모른다.

로낙(Lhonak 4,780m)에서 50루피 하는 달걀 프라이를 곁들여 아침을 먹고 베이스캠프로 오른다. 마사토 급사면에서 초긴장했다가 너덜지대를 통과할 때는 낙석으로 한순간에 절명할 수도 있겠다는 생각에 진땀이 났다.

거대한 산사태 지역의 지그재그 급사면을 걸을 때는 바로 머리 위에서 사람이 걷고 있는 것 같아 더욱 긴장된다. 카메라를 꺼내자 셰르파 모던이 "이런 곳에서는 언제 돌이 굴러떨어질지 모르니 빨리 통과해야 한다"며 발길을 재촉한다.

바람이 심하게 불어 중심을 잡기도 힘든데 천길 낭떠러지는 가쁜 숨을 더욱 세차게 몰아쉬게 한다. 겁에 질려 다른 곳을 쳐다볼 겨를조차 없었다.

베이스캠프까지는 아직도 1시간을 더 올라가야 한다. 숨은 턱까지 차오르고 산소 부족으로 긴 숨을 연거푸 몰아쉬어야 했다. 지금까지 본 히말라야 산 중에서 칸첸중가가 가장 힘들고 위험한 코스가 많은 것 같다.

귀한 보물은 힘들고 어려운 곳에

드디어 칸첸중가 베이스캠프인 팡페마다. 지나온 길을 돌아보니 아득하기만 하다. 칸첸중가 정상은 잠깐 얼굴을 보여 주더니 점점 흐려지고 산 아래에서 강한 모래바람이 세차게 불어와 눈을 뜰 수 없게 한다. 기온은 내려가고 체온도 점점 떨어진다. 두꺼운 우모복을 껴입고 더운 차 한 잔으로 몸을 녹인다.

일행 중 두 사람은 고소증이 심해 서둘러 로낙으로 하산했다. 포터 한 명은 고소증 때문에 출발도 못하고 로낙에 머물러 있고, 어제 또 다른 포터 한 명도 고소증으로 하산했다. 칸첸중가는 그렇게 힘들고 어려운 산이다.

간밤에 내린 눈이 텐트 위에 수북이 쌓였다. 텐트 옆에서 풀을 뜯고 있는 야크 등에도 눈이 수북하다. 야크는 눈이 낮게 쌓인 곳을 찾아다니며 이른 아침부터 풀을 뜯고 있다.

하늘은 청명하고 바람 하나 없는 맑은 날씨다. 칸첸중가 정상이 손을 뻗으면 잡힐 듯 가깝게 느껴진다. 정상을 배경으로 '블랙야크 문화원정대, 화폭에 솟아오른 히말라야' 현수막을 들고 셰르파, 포터와 함께 기념촬영을 했다.

칸첸중가는 다섯 개의 눈(雪)의 보고라고 하더니, 역시 귀한 보물은 힘들고 어려운 곳에 감춰 두는 것인가 보다. 칸첸중가 베이스캠프 트레킹은 원정 수준 이상이었다.

= 군사의 기암군봉과 폭포

마칼루

Mt. Makalu | 8,463m

= 콩마의 장엄한 일출

'검은 귀신의 산' 마칼루

네팔 쿰부 히말 지역에 자리잡고 있는 마칼루(Makalu 8,463m)는 세계에서 다섯 번째 높은 산이다. 에베레스트 산에서 동남쪽으로 23km 떨어진 지점에 위치해 있다.

마칼루는 산스크리트어 '마하칼라'에서 온 말로 '검은 귀신의 산'이란 뜻이다. 마하칼라는 티베트 불교의 대표적인 분노존(憤怒尊)으로 힌두 시바의 한 부분인 칼리(Kali)가 불교에 도입되어 생긴 신을 말한다.

산 대부분이 검은 암봉들이어서 마치 먹물을 뒤집어쓴 것처럼 보여 이태백이 술에 취해 벼루를 엎었다는 중국의 발묵산(潑墨山)을 연상케 한다. 콩마 고개를 넘으며 바라본 기암군봉들은 월출산 천황봉에 올라 구정봉을 바라보는 듯했다.

마칼루 베이스캠프는 카트만두(1,324m)에서 30인승 경비행기로 툼링타르(Tumlingtar 400m)까지 간 다음 이곳 사람들이 버스라고 하는 지프차를 타고 마네반장(Mane Bhanjyang 1,185m)을 거쳐 눔(Num 1,505m)까지 오른 후 8일간을 걸어야 도착할 수 있다. 그래도 2년 전부터는 마네반장을 지나 눔까지 차량 이동이 가능해져 걷는 거리가 단축된 것이라고 한다. 물론 눔까지는 어떻게 이런 길에서 운전이 가능할 수 있을까 하는 생각이 들 정도다.

마칼루는 일반 트레커들이 자주 찾는 곳이 아니다. 시즌 때도 고작 60~70여 명이라고 하니 히말라야 14좌 베이스캠프 중에서 마칼루가 가장 오지인 셈이다.

들판 가운데 있는 툼링타르 공항을 빠져나오자 붉은 황토 먼지가 안개처럼 자욱하다. 양철 몇 조각을 붙여 놓은 좁은 버스터미널 매표소는 흙먼지를 흠뻑 뒤집어쓰고 있다. 노선버스라고 해 봐야 온종일을 기다렸다 인원이 다 차면 떠나는 지프차가 유일하다.

황토 먼지를 뒤집어쓰며 1시간 30분을 달리니 마네반장이다. 마네반장에서 눔까지는 다른 차로 바꿔 타야 한다. 그러나 12명이 타야 출발한다며 3시간이 넘게 기다렸으나 사람이 차지 않는다. 결국 우리가 3명분 추가 요금을 더 내기로 하고 겨우 출발했지만 도로 사정이 좋지 않아 저녁 8시가 넘어서 눔에 도착했다. 험한 너덜지대는 트랙터가 다니기도 힘든데 지프차로 올랐으니 그럴 만도 하다.

비교적 규모가 큰 눔은 산마루 높은 곳에 있어 조망이 시원스럽다. 눔 다음 마을인 세두와(Seduwa 1,530m)는 비슷한 높이에 아룬 강(Arun Nadi)을 사이에 두고 있다. 직선거리는 손에 닿을 듯 가깝지만 강바닥까지 내려갔다가 다시 올라야 하므로 꼬박 한나절 이상 걸린다.

세두와로 가는 다랑논 사이 비탈진 오솔길에는 쉬어 갈 수 있는 긴 나무의자가 놓여 있다. 부모가 자식의 명복을 빌기 위해 만들어 놓은 것이라고 한다. 앞서간 자식(아들)의 이름을 써놓은 의자를 만들어 힘든 사람이 쉬어 가게 하는 선행을 베풀면 아들이 복을 받아 좋은 곳으로 갈 수 있다는 네팔인들의 신앙에서 우러나온 것이라고 한다. 세상 어느 곳이나 빈부와 귀천의 차이는 있을지 모르지만 부모의 지극한 자식 사랑은 차이가 없다.

세두와로 내려서는 오솔길 층층 다랑논에는 벼가 누렇게 익어가고 논둑에 줄줄이 심어 놓은 녹두잎은 아직 파랗다. 메뚜기들이 이리 뛰고 저리 뛰며 법석을 피운다.

녹두는 네팔 음식에서 가장 자주 접하는 '달밧' 요리에서 빼놓을 수 없는 재료다. '달'은 녹두를 말하고 '밧'은 밥이라 한다. 그래서 달밧은 우리말로 하면 녹두밥이다.

충충 다랑논 지대를 오르니 얼런시 지역이 나타난다. 얼런시는 억새같이 생긴 풀에서 나는 열매 카더몬(Cardamon)의 네팔 말인데 인도에서는 초고급 향신료다. 아침부터 이 얼런시를 실은 나귀들의 행렬이 이어진다. 2년 전부터 당나귀가 짐을 운반하게 되어 일감이 많이 줄어들었다고 나이 든 포터가 불평을 늘어놓는다.

타시가온(Tashigaon 2,065m)에서 3일 만에 처음 만난 독일인 트레커 8명은 벌써 마칼루 베이스캠프를 다녀온다고 했다. 지금은 시즌이 끝나는 시기라서 트레커들이 잘 눈에 띄지 않는다. 오후 늦게 얼런시를 따가지고 집으로 돌아가는 여인들이 밝은 표정으로 카메라 앞에 포즈를 취해 준다. 이들은 점심을 먹여 주고 하루 품삯으로 5달러를 받는단다. 일을 마치고 돌아가는 이들의 표정은 밝고 맑기만 하다.

얼런시는 10월과 11월에 채취하는데 이때 일손이 가장 바쁘다고 한다. 고급 향신료로 쓰이는 얼런시는 말린 것 1kg에 2,000루피. 말려서 껍질을 벗기면 알갱이는 얼마 되지 않지만 주민들의 좋은 소득원이란다.

한 여인이 아이를 안고 맷돌질을 하다 말고 아이에게 젖꼭지를 물린다. 네팔의 산악 지역을 오르다 보면 우리와 비슷한 풍속을 곳곳에서 만나게 된다. 여인들이 절구질하는 모습, 베틀에 앉아 베 짜는 모습, 골목길에서 공기놀이 하는 아이들이나 그네타기 하는 아이들의 모습이 더욱 친근함을 느끼게 된다.

= 얼런시를 채취하는 사람들

138

타시가온에서 지그재그 급경사길을 3시간쯤 오르니 고갯마루 나르카르카에 티하우스가 하나 있다. 사방은 점점 어두워지고 안개가 자욱하게 가라앉는다. 먼 산들은 안개 속으로 사라지고 눈앞에 희미한 티하우스가 담묵으로 그린 수묵화처럼 멋스럽다. 지붕은 대나무를 엮어 덮고 벽돌담엔 하얀 진흙칠을 했다.

안으로 들어서니 장작불 위에 놓인 주전자에는 물이 끓고 있다. 장작불에 손을 녹이고 주인 여자가 따라주는 밀크티 한 잔을 마신다. 등 뒤쪽으로 보이는 방에는 아이가 자고 있다. 욕심 없는 이들의 삶에서 진정한 행복이 무엇인가를 찾는다.

자연 속에서 자연을 닮은 소박한 삶을 살아가는 이들은 작은 행복을 느끼며 살아간다. 주인 여자는 이번 시즌에 유난히 많은 150여 명이 다녀갔다고 한다. 하지만 안나푸르나와 에베레스트의 하루 평균 방문객 수도 안 된다. 마칼루는 가을보다는 네팔 국화 랄리그라스(로도덴드론)가 만개하는 4~5월에 찾는 것이 더 아름답다고 귀띔해 준다.

나르카르카에서 콩마까지 오르는 길은 정말 인간의 한계를 가늠해 보는 마의 코스였다. 콩마가 가까워지면서 잡목 하나 없이 랄리그라스가 산 능선 전체를 덮고 있어 마치 소백산 철쭉 군락지를 오르는 기분이었다. 이곳에 붉은 랄리그라스가 피었다면 얼마나 멋스러울까를 상상해 본다. 나르카르카 티하우스 여주인이 봄날에 오면 좋다고 한 이유를 알 것도 같았다. 산 아래는 운무에 가리어 그 깊이를 알 수 없고 산정에는 저녁 햇살이 붉게 물들고 있었다.

= 타시가온 마을과 첨봉들

콩마(Khongma 3,562m)는 마루금을 비켜 약간 낮은 곳에 있다. 우리
가 머문 시바 뷰 호텔(Shiba View Hotel) 여주인은 15년 전 신랑이 이곳 콩
마에서 처음 영업을 시작했다고 한다. 지금은 자기 혼자 여기서 하고 있고
신랑은 도바토(Dobato 3,862m)에서 따로 티하우스를, 남동생은 양리 카르
카(Yangri Kharka 3,610m)에서, 또 친정아버지는 랑말레(Langmale 4,450m)에
서 야크 200여 마리를 키우며 로지를 운영하고 있는데, 지금은 동생과 아
버지는 타시가온으로 내려갔다고 한다.

콩마의 운해 위로 붉은 햇살이

콩마에는 닷새 전에 내린 눈이 여기저기 남아 있다. 이제부터는 고
산임을 실감케 한다. 콩마에서 하루를 더 머물며 고소 적응을 할 예정이다.
짙은 안개가 끼었다 갑자기 벗겨지며 변덕을 부린다. 여주인은 이런 날씨
는 눈이 많이 내릴 징조라고 한다.

저녁에는 마늘을 다져넣고 청량고추를 잘게 썰어 무친 조개젓과 두
부조림, 햄과 소시지, 두부 김치찌개, 깍두기, 호박전, 감자볶음에 달걀 프
라이, 거기에다 김까지 곁들이니 진수성찬이다. 밥을 먹고 나니 가이드 모
던이 구수한 숭늉을 챙겨 준다.

차 한 잔을 들고 밖으로 나오니 조금 전과는 달리 하늘이 맑고 밤하
늘에 무수한 별들이 보석처럼 빛나고 있다. 고향 앞마당에서 보았던 그 별
들처럼 영롱했다. 히말라야로 떠나오던 날 하늘나라로 떠나신 어머님도 저
렇게 별이 되어 나를 내려다보고 있겠지 하는 생각과 사무친 그리움이 왈
칵 눈물 되어 찻잔에 떨어진다.

아침에 일어나니 하얀 무서리가 온 천지를 뒤덮었다. 아침 햇살은 검정 산릉 너머로 고개를 추켜세운다. 무서리를 뒤집어쓴 파란 잎이 기지개를 켜고 움츠렸던 닭들도 먹이를 찾는다. 일출을 보기 위해 작은 봉우리로 올라선다. 콩마의 일출은 참으로 경이롭다. 히말라야에서는 큰 산, 큰 봉우리들이 앞을 가려 대부분 아침은 해 없이 맞는다.

그런데 콩마의 아침은 운해(雲海) 위로 쏟아지는 붉은 햇살이 선경을 느끼게 한다. 발아래 깔린 끝없는 황금빛 운해는 황산의 운해와 견줄 바가 아니다. 실루엣이 첩첩한 연봉들과 신비한 설산의 기봉(奇峰)들이 어우러지니 '별유천지비인간(別有天地非人間)'이 바로 여기구나 하는 생각이 든다. 구름 위에 떠 있는 또 다른 세상이 나를 붙잡고 있다. 그래서 그 순간만큼은 속세 인연을 모두 잊고 세상의 모든 것을 내려놓을 수 있었다.

지금까지 올랐던 히말라야의 산들은 대부분 강줄기를 따라 협곡을 타고 오르는 코스였다. 마칼루는 능선을 타고 오르며 파노라마처럼 펼쳐진 기암군봉과 발아래 협곡을 한눈에 내려다보며 걸었다.

콩마에서 도바토로 오르는 능선 길은 경사가 심하고 위험한 곳도 많지만 조망이 시원스럽다. 눈길로 이어진 위험한 급경사길 양쪽에는 랄리그라스와 찌몰이 울창하게 숲을 이루고 있다. 향신료의 원료로 쓰인다는 순빠띠 나무는 30~50cm의 관목으로 갈색잎에서 나는 향내가 길가에서도 맡을 수 있을 정도다. 네팔 사람들이 기도할 때 쓰는 향의 원료인 순빠띠 나무가 이곳에는 지천에 널려 있다.

= 어머님이 별이 되어 빛나고 있었다.

콩마에서 1시간 30분 정도 거리인 콩마 고개(3,973m)에 오르니 검게 솟아오른 거대한 암봉들의 비경이 월출산을 느끼게 한다. 중국의 발묵산을 닮은 검은색 기암군봉들 너머로는 설산이 흑산과 대비를 이루어 발걸음을 멈추게 한다.

안개 속을 헤치고 눈 덮인 투투 고개(4,055m)를 넘어 너덜길을 오르다 양지쪽 바위에 걸터앉아 삶은 달걀과 주먹밥으로 점심을 먹고 또다시 가파른 십튼 고개(4,220m)까지 세 개를 넘으니 설원과 암봉이 병풍처럼 둘러싼 곳에 커다란 칼로 포카리(Kalo Pokhari 4,022m) 호수가 있다. 백두산 천지는 몇 번 가 보았으나 이렇게 4,000m가 넘는 높은 곳에 호수가 있다니, 가슴 벅찬 감동으로 다가온다.

네팔에 종교가 무수히 많은 이유

호숫가 낮은 언덕 위의 로지가 그림처럼 아름답다. 높은 언덕 돌탑 위에는 요란한 오색 깃발이 신우대에 아무렇게 매달려 몸부림치듯 펄럭인다. 펄럭이는 룽다와 설산이 감싸안은 아름다운 호수를 카메라에 담고 급경사인 케케라(Keke La 4,152m)의 네 번째 고개를 힘들게 넘는데 안개가 순식간에 호수를 삼켜 버린다.

계속 오르다 마니탑에서 숨을 돌리고 30여 분을 계속 내려서니 운무 속에 아스라이 도바토(Dobato 3,862m)가 보인다. 발 빠른 셰르파 다와가 앞서 내려가더니 위치 좋은 곳에 텐트를 쳐 놓았다. 짙은 안개 속에서 싸락눈이 매섭게 얼굴을 때린다. 티하우스 장작불 앞에서 몸을 녹이며 따끈한 밀크커피 한 잔으로 추위를 녹인다.

도바토 베이스캠프에 다녀온 독일인 17명이 텐트 19동을 치자 캠핑 장이 북적댄다. 캠핑장 한쪽에서는 장작불을 피우고 포터들은 장작불 위에 올려놓고 죽을 끓이고 있다. 포터들은 대개 냄비에 수숫가루로 죽을 쑤어 먹는다. 그것도 하루에 두 끼밖에 먹지 않는다.

장작 타는 냄새가 향기롭다. 된장국에 누룽지까지 곁들여 저녁을 먹고 텐트 안에 들어오니 아늑한 분위기가 어설픈 로지보다 훨씬 낫다. 가이드 모던이 침낭 안에 미리 넣어 둔 수통이 온기를 더한다. 오늘은 4,000m가 넘는 고개 네 개를 오르내렸고 내일은 양리 카르카(3,610m)로 고도를 낮추니 고소증 염려는 없을 것 같다.

도바토에서 30여 분 급경사길을 내려서니 뭄북(Mumbuk 3,550m)이다. 아름드리 이끼 낀 구상나무가 군락을 이루고 캠핑장 아래로는 강물 흐르는 소리가 요란하다. 예전에는 이곳에서 캠핑을 많이 했으나 지금은 모두 도바토에서 캠핑을 한다.

뭄북에서 너덜지대 급경사를 바룬 강 바닥까지 내려선 다음 양리 카르카까지는 강줄기를 따라 오른다. 양리에는 집이 몇 채 있지만 눈이 내릴 것 같아 모두 철수하고 한 집만 주인이 있었다. 강가 너른 초원 지대에 위치한 양리 카르카는 넓은 야크장이 있는 목가적인 분위기다.

도바토에서 만난 베이스캠프 여주인과 랑말레 주인장도 날씨가 좋지 않아 눈이 올 것 같다고 세두와까지 미리 내려간다고 한다. 눈이 많이 오면 콩마 고개를 넘지 못한다는 것이다. 그런데도 우리는 베이스캠프를 향해 오르고 있다.

146

= 설원과 암봉에 둘러싸인 '칼로 포카리 호수

147

양리 티하우스에서 우리가 이틀 후에 내려올 때 함께 철수하자고 주인장을 붙잡고 사정했다. 시즌이 끝나는 시점이라 눈이 오기 전에 모두 서둘러 하산을 한다. 그러고는 내년 3월에 다시 올라온다고 한다.

곰파 앞 마니탑에 랄리그라스를 꺾어 놓고 진심어린 마음으로 무사히 베이스캠프를 다녀오게 해 달라고 기도를 올렸다. 상황이 나빠지고 마음이 약해지면 이렇게 신을 찾게 된다는 생각이 들었다. 그래서 기후 변화가 심한 네팔 산악지역에는 인구 수보다 종교 수가 많다.

주인장과 함께 하산하다

양리에서 출발해 약간 평탄한 길을 걷다가 구상나무 군락지로 접어들었다. 사방의 산봉우리들은 먹빛으로 검은색을 띤다. 이래서 마칼루를 '검은 귀신의 산'이라고 하는가 보다.

묵산의 정상은 흰눈이 쌓여 흑백의 조화가 더욱 뚜렷했다. 마치 검게 탄 얼굴에 하얀 두건을 쓰고 있는 거인을 보는 듯하다. 구상나무 군락지를 빠져나오니 마이산을 닮은 거대한 암봉 너머로 콩마에서 보았던 사마랑마 설산의 연봉들과 Bik6, Bik7가 우뚝 솟아 있고 그 옆에 검은색 거대한 군봉들이 도열해 있다.

개천을 건너 리푹카르카(Riphuk Kharka 3,960m)에 도착하니 눈발이 더욱 거세진다. 현지인들의 예감이 맞다는 생각에 약간 불안해지기도 했다. 베이스캠프를 다녀온다는 독일인 3명은 남체까지 가려고 했다가 눈이 허리까지 쌓여 양리로 내려간다고 한다. 마칼루를 찾는 트레커들 중 모험을 좋아하는 사람들은 마칼루 베이스캠프를 넘어 추쿵을 지나 남체에서 루클라까지 종주하는 트레커들도 많다. 그렇게 종주하려면 10월이나 봄 시즌이 좋다.

큰 바위가 우뚝 솟아 있는 언덕에 올라서니 마니탑 건너로 랑말레 (Langmale 4,450m)가 한눈에 보인다. 눈보라는 더욱 세차게 휘몰아치고 온도는 급격히 떨어진다. 랑말레 주인장은 철수했고 키친하우스는 문이 열려 있어 그래도 취사는 가능했다. 사용료 500루피는 내려갈 때 타시가온에서 내면 된다.

그러나 베이스캠프에는 키친하우스마저 문을 닫아 버려 캠핑을 할 수 없어 이곳 랑말레까지 돌아와야 한다. 이곳에서 베이스캠프까지는 5시간이 걸리고, 하산은 4시간이 소요된다. 거기에다 요즘 날씨로 보아 오전 9시가 넘으면 정상에 구름이 감돌아 조금만 늦으면 정상을 볼 수 없겠다는 판단에 다음 날 새벽 4시 30분에 출발하기로 했다.

새벽 4시에 일어나니 어제 내린 눈이 온통 은백의 세계를 연출해 놓았다. 다행히 눈은 그치고 하늘엔 영롱한 별들이 밝게 빛나고 있다. 헤드랜턴에 의지해 베이스캠프를 향해 새벽 4시 30분에 출발했다. 비교적 완만한 코스에 크게 위험한 곳은 없지만 간밤에 내린 눈으로 등산로를 구별하기가 어려웠다.

점점 먼동이 터오고 날이 밝자 등산로도 뚜렷해졌다. 베이스캠프까지는 400m만 고도를 높이면 된다. 야크 카르카를 올라서니 능선에 가렸던 마칼루 정상이 위용을 자랑한다. 날씨는 쾌청하고 산들바람이 약간의 냉기를 느끼게 할 뿐이다.

마칼루 정상 왼편으로 피크 7, 피크 6, 사마랑마로 이어진 설산 연봉이 파노라마처럼 펼쳐진다. 가파른 사면을 조심스럽게 올라서니 마칼루 베이스캠프가 발아래 펼쳐진다. 지금까지 가본 히말라야 산 중에서 가려진 능선 하나 없이 가까이에서 정상을 직접 바라볼 수 있는 산은 마칼루가 처음이다.

산정에는 벌써 작은 구름이 일렁이기 시작한다. 빠르게 스케치를 마치고 '화폭에 솟아오른 블랙야크 문화원정대' 플래카드를 들고 기념촬영을 한 뒤 또다시 눈이 내릴지 모르니 서둘러 랑말레를 거쳐 아예 양리 카르카까지 12시간 강행군을 했다. 양리 카르카 주인장이 우리를 기다리고 있다가 반겨 준다. 다음 날 주인장은 쌀과 남은 물건들을 큰 통에 담아 열쇠를 채운 뒤 우리와 함께 하산했다.

산길을 흔히 인생길에 비유한다. 그러나 산길은 가다 힘들면 뒤돌아 내려설 수도 있지만 인생길은 멈출 수도 뒤돌아설 수도 없다. 연습해 보고 또다시 오를 수 있는 것이 인생길은 아니다. 어차피 앞을 보고 가야 하는 길이고 뒤돌아설 수 없는 인생길이라면 희망을 갖고 당당하게 앞을 향해 걷자. 눈보라 속에서도 뒤돌아서지 않고 마칼루 베이스캠프를 올랐듯이.

〓 야크 카르카에서 바라본 묵산(墨山)과 폭포

＝ 툼링타르에서 바라본 마칼루

마나슬루

Mt. Manaslu | 8,163m

= 삼도 마을로 오르면서 바라본
  설산과 야크

'영혼의 땅' 마나슬루

마나슬루(Manaslu 8,163m)는 산스크리트어로 '영혼의 땅'이
란 뜻이다. 실제로 이곳은 히말라야 영산(靈山)들이 가장 많이 보이
는 곳이다. 이곳 사람들은 산을 신성한 공간으로 여기고, 하늘을 의
지하여 살아간다.

마나슬루는 티베트와의 국경 지역 깊숙한 곳에 위치해 있다.
척박하기로는 둘째가라면 서러운 네팔에서도 왕래가 드문 곳이다.
수천 미터 히말라야 고산에 둘러싸인 티베트족의 삶은 외부와 단절
되어 있고, 우리 기준으로 보자면 참으로 척박하다. 바퀴 달린 이동
수단을 구경하는 데에만 며칠 동안의 여정이 필요할 정도다.

그런데 티베트족은 행복하다. 현재의 삶을 천복으로 여기고
욕심 없이 사는 것에 대한 선물이다. 세계에서 행복지수가 가장 높
은 곳 중 하나가 바로 이곳이다. 행복은 물질의 문제가 아니라는 것
을 새삼 깨닫게 해 주는 사람들이다.

15일간 야영을 하며 라르키아 피크(5,106m)를 넘어야 하는 마
나슬루 라운드는 누구나 마음만 먹으면 언제나 갈 수 있는 그런 코
스가 아니다. 전문 등반대나 마나슬루 기슭까지 접근할 수 있고, 지
금도 편의시설이 전무하다시피 하다. 만일 기상이변이라도 생기면
최악의 조건이 된다. 그나마 지금은 군데군데 로지를 짓고 도로도
정비하고 있어서 이전보다는 나아졌다.

마나슬루 라운드 트레킹은 부디 간다키 강줄기를 따라 올라
라르키아 피크를 넘고 마르샹디 강줄기를 따라 내려가며 마나슬루
산군을 왼편에 두고 크게 원을 그리며 돌게 된다.

= 콩마에서 바라본 사마랑마

카트만두를 떠나 8시간 만에 도착한 곳

카트만두에서 전용 차량으로 8시간 만에 우기에도 건조한 곳이라고 하는 아루가트 바자르(Arughat Bazar 570m)에 도착했다. 지명에 바자르(Bazar)가 붙은 곳은 시장이 있다는 뜻으로 아루가트 바자르도 시장과 상가지역이 형성되어 있고 로지도 많다. 상가지역을 통과해 마나슬루 트레킹 기점인 입산 신고처에 신고를 한 후 산행 첫날밤을 보냈다.

다음 날 부디 간다키 강(Budhi Gandaki Nadi)을 따라 차량 통행이 가능한 신작로로 아르켓(Arkhet 620m)까지 올랐다. 주위 계단식 다랑논에는 모내기가 한창이다. 외딴집에 밤나무처럼 보이는 망고나무에는 꽃이 흐드러지게 피었고 곳곳에 바나나가 익어가고 있었다.

이곳에서는 규모가 큰 강은 나디(Nadi)라 하고, 샛강은 콜라(Khola)라고 부른다. 부디 간다키 강은 빙하가 녹아 흘러 막걸리를 풀어놓은 것처럼 보인다. 그러나 이런 강물에도 물고기가 산다. 마르족은 이 물고기를 잡아 생활한다.

소티콜라(Soti Khola 730m) 마을을 지나 리딩(Liding 860m)으로 오르는 길 옆으로 씻씨누(독초)가 무성하다. 조금만 스쳐도 풀쐐기에 쏘인 것처럼 통증이 심하다. 그러나 이 정도 독초는 만성이 된 이곳 사람들은 봄날 식량이 떨어지면 이 씻씨누를 나물처럼 먹는다.

= 바나나가 익어가는 마을

리딩 마을의 거대한 폭포가 바라보이는 전망 좋은 곳에 캠핑장이 있다. 이곳에 여장을 풀고 폭포가 잘 보이는 언덕에 앉아 그림을 그리기 시작했다. 호기심 많은 마을 아이들이 주위에 몰려들었다. 가지고 있던 사인펜을 나누어 주자 신기한 듯 좋아한다.

하루가 또 지났다. 간밤에 요란한 폭풍우가 휘몰아치더니 아침이 되자 아무 일도 없었던 것처럼 조용하다. 도로 위에 낙엽만 수북하게 쌓였다. 마치 만추의 계절 같다. 아열대 기후에 속하는 이곳은 겨울이 없다. 봄, 여름, 가을 그리고 봄이다.

반바지에 반팔이 어울리는 초여름 날씨에 물소리까지 요란한 마치 콜라(Machi Khola) 강가에 앉아 카레밥에 소주 한 잔을 걸치니 마치 강원도 정선 어느 계곡에 캠핑을 온 듯 착각이 든다. 다만 그곳과 다른 것은 강바닥이 너무 넓은 바가르(Bagar 모래와 돌이 널려 있는 곳) 지역이 있다는 것과 끝을 알 수 없는 고산과 설산이 보인다는 것이다. 지도에 'Nadi' 나 'Khola' 라는 이름이 적혀 있는 곳은 강을 끼고 있는 곳이다. 지금 식사를 하고 있는 곳도 6~7월 우기에는 강수량이 많아 강바닥 전체가 호수처럼 변한다.

오후에 코를라베시(Khorlabesi 970m)에 도착했다. 저녁을 먹기 전에 강가 너럭바위에 앉아 히말라야 오지 산골마을을 스케치했다. 작고 아담한 돌담 집 몇 채가 참으로 정감 있게 다가오는 마을이다.

= 척박하지만 평온해 보이는 마을

= 네팔 소주 럭시를 제조하는 도반의 여인

식사를 마치고 텐트 안으로 들어서니 협곡의 요란한 물소리와 텐트 위에 쏟아지는 빗소리가 어우러져 즉흥 환상곡을 연출한다. 늦은 밤, 비는 그치고 휘영청 밝은 달이 구름 사이를 비집고 나온다. 달빛에 끌리어 너럭 바위에 홀로 앉으니 달빛도 따라 앉는다. 너울대는 검은 파초 잎이 하늘의 별들을 쓸어모아 밤하늘에 달빛을 색칠한다.

옆에 있던 대나무가 사군자의 기상으로 당차게 솟아올라 선비의 기개로 달빛 위에 일획을 긋는다. 물소리와 바람소리에 달그림자가 어우러지니 누구라도 이런 곳에 앉으면 산중도인처럼 명상에 잠기게 될 것이다. 비 개인 히말라야의 밤하늘은 참으로 맑고 아름답다.

새벽을 여는 닭울음소리가 요란하게 울려 퍼진다. 산비탈에 옹색하게 돌담을 쌓아 만든 계단식 텃밭에는 벌써 아낙의 손놀림이 바쁘다. 자갈밭, 옥수수밭에는 새싹이 돋고 있다.

천길 낭떠러지에 가까스로 난 비좁고 가파른 계단 길로 당나귀 행렬이 내려온다. 아랫마을로 짐을 실러 가는 모양이다. 이곳의 유일한 운송수단이다. 물소는 농사일을 하고 당나귀는 짐을 운반한다.

온천수가 나오는 타토파니(Tatopani 990m)에서 먼지 범벅이 된 얼굴을 씻은 뒤 첨봉들로 둘러싸인 난공불락의 요새 같은 도반(Dobhan 1,070m)에 도착했다. 이곳에도 새 로지를 짓고 있다. 집집마다 마당에서 여인들이 럭시를 제조하고 있다. 네팔 소주인 럭시는 주로 옥수수를 발효시켜 증류하여 만든다. 맛도 알코올 도수도 천차만별이다.

큰 강줄기 두 개가 만나는 곳을 도반이라고 한다. 도반까지는 지형이 낮아 감자 재배를 하지 않고 주로 옥수수를 재배한다.

출렁다리를 건너고 선인장 지대를 지나자 협곡과 넓은 강이 어우러진 비경이 펼쳐진다. 강 가운데 있는 유루콜라(Yuru Khola 1,330m)에서 점심 식사를 했다. 이곳은 중국 계림 같은 비경지대로 협곡과 강이 어우러져 히말라야 산속의 또 다른 선경을 보는 듯했다. 이곳에 운무라도 끼면 이강의 뱃놀이쯤이야 견줄 바가 아닐 것이다.

직벽 아래 분지 같은 강바닥을 걸어 마나슬루의 실제 관문인 자가트(Jagat 1,410m) 마을로 들어섰다. 국립공원 체크포인트가 있는 곳이다. 길 가운데 초르텐이 서 있고, 마을 아이들이 길바닥에 앉아 공기놀이를 하고 있다. 어디나 사람 사는 모습은 비슷하다.

그러나 아침이 되어 여명이 밝아오니 큰 선물이 기다리고 있었다. 야영장이 대부분 그렇지만 이곳은 유독 높은 벼랑 위에 있어 시야가 거칠 것이 없었다. 뒤쪽으로는 묵산과 설산들이 고개를 치켜세우고 서로 위용을 자랑하며, 발아래는 운무가 깔리어 대해로 변하니 이곳이 바로 무릉도원이다 싶었다.

비히 페디에서 라마불교의 마니석을 따라 고개를 넘으니 석산(石山) 첨봉 아래 외딴집 한 채가 도인이 머무는 곳처럼 느껴진다. 한 폭의 산수화 같은 풍경이 가슴을 요동치게 만든다. 이런 산간벽지에 있는 집은 비록 한 채지만 외롭기보다는 정겹게 느껴진다. 자연과 동화되어 있기 때문일 것이다.

외딴집에 약간의 텃밭이 있는 절벽 아래로는 요란한 물소리를 내며 부디 간다키 강이 흐르고 있다. 물소리가 얼마나 우렁찬지 잡념이 생길래야 생길 수가 없겠다는 생각이 든다.

= 계단길을 오르는 포터와 당나귀 행렬

이 외딴집의 주인인 락파 누르부는 20년 전 결혼할 때 이 집을 지어 지금까지 옥수수를 재배하며 살고 있다. 아버지는 바로 아랫마을인 비히 페디에 살고 있다. 락파 누르부의 조상들이 대대로 살아온 '비히 페디'의 '페디'는 '고개'라는 뜻이다. 누르부와 이런저런 이야기를 나누자, 그의 딸아이가 부엌에서 얼굴을 삐죽 내민다.

조금 더 오르자 지은 지 일 년쯤 되었다는 학교가 보인다. 왕정 시절에는 교육제도를 폐지한 적도 있었으나, 이제는 이곳도 교육에 열을 올리고 있다. 카트만두에도 환경이 열악한 마나슬루 지역 어린 아이들을 위한 학교가 있다. 대부분 외국인들이 지원해서 지은 학교다.

가축과 한집에 살고 있는 티베트족

캠핑 장소인 리히(Li Hi 2,930m)에 도착했다. 마을 입구에 거대한 초르텐과 마니석 위로 펄럭이는 수많은 타르초가 오래된 마을임을 말해 준다. 규모도 있는 마을이다. 마을 주민들은 어른 아이 할 것 없이 티베트 전통 의상을 입고 있다.

눈을 뜨니 자울라 피크의 설산이 아침을 맞이한다. 이날 리히 마을에 결혼식이 있어 우리의 시골처럼 마을 전체가 잔치 분위기다. 어제도 전야제를 하느라 밤새 마을이 시끌벅적했다.

= 리히 마을의 초르텐과 마나슬루

167

로(Lho 3,180m)를 지나고 마나슬루 정상(Manaslu 8,163m)의 위용을 느끼며 초르텐을 돌아서니 설산이 나타난다. 로는 이 지역의 다른 마을과 달리 집에 대문과 마당이 있는 것이 특이했다.

이곳 마나슬루 지역의 집은 대부분 대문이 없고 이층이다. 아래층은 축사로 쓰고, 사람은 위층에서 기거한다. 난방시설은 없다. 야크나 양털로 된 모포를 깔고 두꺼운 옷을 입고 한겨울도 견딘다. 농작물은 감자와 밀, 보리가 중심이다.

살라가온(Syalagaon 3,520m)에서 점심을 먹고 병풍처럼 두른 설산의 첨봉들을 바라보며 경사진 길을 내려섰다가 다시 올라서니 광활한 분지다. 이곳에도 학교가 있다. 주변에는 야크들이 풀을 뜯고 학생들은 목청 높여 합창을 한다. 지금까지 "나마스테" 하던 네팔 인사를 티베트족 마을에 왔으니 "따시 딸레"로 바꾸라고 셰르파 시리가 일러준다.

사마가온에 도착하니 "네팔에는 인구보다 신이 많고 가옥보다 사원이 많다"는 말이 실감난다. 마을 입구에서 만난 여인들은 리쿠를 메고 감자밭에 야크똥을 나르는데 한결같이 밝은 표정들이다.

사마가온은 상당히 규모가 큰 마을로 큰 곰파가 곳곳에 있다. 마을위 작은 봉우리에도 곰파가 있다. 혜초여행사 박장순 이사와 함께 산 위에 있는 곰파를 찾았다. 승려 몇 사람과 마을사람들이 불경을 읽고 있다. 저녁예불을 드리는 모양이었다. 캠핑장으로 돌아와 저녁을 먹고 나니 한두 방울 떨어지던 빗방울이 폭우로 변했다.

이튿날 쾌청한 날씨에 주위는 지난밤 내린 비가 눈으로 변해 장관을 이룬다. 그 위로 우뚝 솟은 마나슬루 주봉이 아침 햇살에 황금빛이다. 간밤에 내린 비로 쇠똥 천지였던 길은 깨끗하게 치워졌다. 물소리마저 맑고 경쾌하게 느껴진다.

= 감자밭에 야크똥을 나르는 사마가온 여인들

170

야크들은 벌써 아침산책에 나선다. 병풍처럼 둘러쳐진 설산의 첨봉들은 맑은 물소리와 어우러져 더욱 상큼하게 다가온다. 분지를 벗어나니 바가르 지역이 나타난다. 이곳에서 히말출리(7,864m)와 히말출리 북봉, 마나슬루(8,106m)와 마나슬루 북봉(7,835m)이 한눈에 들어온다. 북쪽에서부터 마나슬루 피크(7,835m), 히말출리(7,864m)를 합하여 마나슬루 3산이라 한다.

히말라야에는 5,000m 넘는 산이 3,200개, 6,000m 넘는 산이 300개, 7,000m 넘는 산이 260개다. 한마디로 산의 천국이다. 7,000m 넘는 산 중에 80개 봉우리는 아직도 제 이름을 갖지 못했을 정도다.

언덕 위에 세워 놓은 거대한 초르텐을 통과하니 곧바로 삼도(Samdo 3,690m) 마을이다. 이곳은 티베트에서 넘어오면 첫 번째 마을로 티베트 풍습이 고스란히 남아 있는 꽤 큰 마을이다. 여기서도 어김없이 저녁에는 진눈깨비에 강풍이 불어 텐트가 심하게 요동을 친다.

아침에 일어나니 지난밤 내리던 빗줄기가 눈으로 변해 장관을 연출한다. 라르키아 피크를 넘기 위해 마지막 캠핑장인 다람살라로 향했다. 급경사를 내려가 나무다리를 건너니 티베트 국경을 넘는 갈림길이 나온다. 협곡 사이로 티베트의 산들도 조망이 가능하다. 경사가 심한 산비탈에서 갈색 야크들과 산양이 풀을 뜯고 있다. 다람살라를 오르며 뒤돌아본 히말라야의 설산들은 신들의 궁전이라고 할 만큼 신비로웠다.

= 눈 내리는 다람살라

마지막 한 걸음, 라르키아 피크

다람살라(Dharamsala 4,470m)에 도착한 시간은 낮 12시. 날씨는 흐리고 싸락눈이 뿌리기 시작한다. 라르키아 피크를 넘는 마지막 밤이 될 다람살라에서 날씨 때문에 야영이 불가능해 보였다. 우리는 시설이 부실하지만 로지에서 묵기로 했다. 방이라 해야 돌담에 흙을 발라놓은 수준이고, 바닥역시 돌 자갈에 매트리스 하나를 깔아 놓은 게 전부다. 이곳은 작년까지만해도 무인 대피소였고, 그나마 올해부터 로지로 운영되고 있었다.

체온이 급격하게 떨어지기 시작했다. 방 배정을 서두른 박 이사는 방마다 찾아다니며 혈중산소량 측정기로 한 사람씩 건강상태를 체크하며 용기를 북돋아 주었다. 그런데 방이 모자라 그는 눈더미 속 텐트에서 야영을하기로 했다.

저녁 식사 중에도 그는 계속 혈중산소량 측정기로 일행의 건강상태를 체크했다. 고소증에 저녁까지 거른 일행에게 라나가 누룽지를 끓여 가지고 갔지만, 넘어가지 않는다며 식사를 거부했다. 혹시 악몽의 밤이 되지 않을까 불안해지기 시작했다.

싸락눈은 시간이 지나자 함박눈으로 변했다. 다음 날 라르키아 피크를 넘는 것이 문제가 될 것 같다며 라나는 걱정을 태산같이 했다. 벌써 일행 한 명이 고소증세로 심한 통증을 호소하고 있었다.

엄청난 폭설로 밖은 점점 어두워져 어느 것 하나 시야에 들어오는 것이 없다. 히말라야의 날씨는 종잡을 수가 없다. 순간순간 변화가 너무 심하다. 올라올 때는 땀방울까지 맺히던 날씨가 갑자기 한겨울로 돌변한 것이다. 그래도 잠을 자야 한다. 내일 일정은 하늘에 맡기는 수밖에 없다.

새벽 2시에 눈을 떠보니 날씨는 평온해졌고 둥근달만 휘영청 밝았다. 라르키아 피크를 넘는데 오후가 되면 돌풍이 불기 때문에 서둘러 출발해야 한다. 아침을 먹고 라르키아 피크를 향해 출발한 시간은 오전 3시 30분이었다.

눈은 완전히 그쳤다. 초저녁과는 달리 오히려 밝은 달이 랜턴 불빛을 희미하게 만들었다. 히말라야의 달밤은 참으로 환상적이다. 웅장한 설산을 비추는 은은한 달빛은 이곳이 신들의 궁전임을 실감나게 한다.

오전 5시 30분이 되니 여명이 밝아온다. 어제 오후 숙소에서 바라보던 건너편에 우뚝 솟은 '라르키아 피크'가 이제야 모습을 드러낸다. 우리는 라르키아 피크를 배경으로 '블랙야크 문화원정대 화폭 위에 솟아오른 히말라야' 현수막을 들고 단체사진을 찍었다.

마지막 목적지를 향해 다시 발걸음을 옮겼다. 오른편으로 힌두 히말이 우뚝 솟아올랐다. 힌두 출리 아래 돌담 움막 하나가 있지만 시즌 때만 문을 여는 곳이라 비어 있다. 이곳 시즌은 9월부터 11월 말까지를 말한다. 12월까지도 트레킹은 가능하지만, 1월부터 3월까지는 눈이 많아서 라르키아 피크를 넘기가 위험하다. 4월에도 극소수 트레커들만 찾는다.

독일 원정대가 라르키아 피크를 등정하기 위해 야영 준비를 하고 있다. 날씨 때문에 꼭두새벽에 출발했지만, 오전 11시가 되니 산봉우리에 구름이 감돌기 시작하고 바람이 거세지기 시작했다. 라르키아 피크까지는 아직도 1시간을 넘게 가야 한다. 일행들 사이에서 불안감이 감돌기 시작했다.

12시 30분, 드디어 라르키아 피크 정상에 도착했다. 바람이 몸을 지탱할 수 없게 세차게 분다. 싸락눈까지 얼굴을 후려친다. 주위는 짙은 구름으로 온통 어두워져 조망이 불가능하다. 히말라야의 능선이 가장 많이 보인다는 곳이지만 작은 봉우리 하나도 보이지 않았다. 급하게 사진 몇 컷만 찍고 서둘러 하산했다.

빔탕(Bimtang 3,720m)으로 하산하는 길은 급경사에 돌멩이들이 많아 매우 미끄럽고 위험하다. 날은 어두워지고 휘몰아치는 눈보라 속에 빔탕이 가까워지자 포터 한 명이 산중턱까지 보온병을 들고 마중을 나와 따끈한

■ 다람살라를 오르며 바라본 삼도 히말

밀티 한 잔을 따라준다. 온몸으로 온기가 퍼진다. 지금까지 트레킹하면서 따뜻한 난로에 몸 한 번 녹여 본 일이 없었는데 지금은 그 이상의 온기를 느낄 수 있다. 정상에서 빔탕까지 내려오는 눈보라 속의 거친 산길은 인내심의 한계를 시험하는 것 같았다.

마나슬루의 첫 관문 '자가트'

마을 곳곳에는 베틀에 걸터앉은 여인들이 카펫을 짜고 있고, 엄마의 보살핌이 필요한 어린아이는 광주리 안에서 혼자 놀고 있다. 그 옆의 다른 두 여인은 양모로 실을 뽑고 있고, 그동안 엮은 실의 무게만큼 얼굴에 골이 깊은 노파가 입가에 미소를 가득 머금고 눈인사를 한다. 참으로 평화로운 모습이다.

스링기 히말(Shringi Himal 7,187m)을 바라보며 필림(Philim 1,590m)까지 간다. 유난히 밀밭이 많은 필림은 녹색으로 물들어 싱그러움이 더하다. 필림에서 야영한 뒤 아침에 출발, 다리를 건너 거대한 송림 길을 걷는다. 소나무 끝에 뭉게구름이 걸렸다. 바람에 흔들리는 큰 대나무(바스)와 조릿대(닐거라)가 어우러져 무희들의 춤사위를 보는 듯하다.

대나무 숲을 빠져나오니 언덕 위에 어른 키보다 훌쩍 큰 나뭇가지에 붉은 네팔 국화 랄리그라스가 피어 있었다. 조금 더 오르니 숲속에서 히말라야 원숭이들이 고개를 갸우뚱대며 우리를 맞는다.

이 날은 비히 페디에서 야영했다. 높은 절벽 위의 조망 좋은 곳이지만 날씨가 문제였다. 캠핑장 언덕 아래 작은 텃밭에 매어 둔 당나귀들이 추운 날씨에 비까지 내리자 온몸을 흔들며 요란한 방울소리를 냈다. 어찌 잠이 오겠는가. 잠을 설친 게 벌써 3일째다.

= 삼도 마을에서 바라본 휘운출리

= 사마가온에서 맞이한 마나슬루의 일출

낭가파르바트

Mt. Nanga Parbat | 8,126m

= 타르싱 마을에서 바라본 낭가파르바트

'생사의 경계' 낭가파르바트

가끔 히말라야 하늘을 쳐다보며 나만의 하늘을 그리곤 했다. 고흐의 하늘처럼 태양이 이글거리는 하늘을 그리기도 하고, 샤갈의 하늘처럼 별밤을 바라보며 사랑을 노래하는 그림을 그리기도 했다. 히말라야 베이스캠프에 둥근달이 떠오르면 산중도인이 되어 무주공산의 밝은 달빛을 그리며 마음속의 시(詩) 한 수를 읊조려 보기도 했다. 그러나 지금 파키스탄의 히말라야 하늘은 한낮인데도 꿈과 희망이 없는 눈빛처럼 어둡고 희미한 회색빛이다.

파키스탄은 7월 한여름에도 어디서든 고개만 돌리면 하얀 설산이 시야를 파고든다. 하늘을 찌를 듯 솟아오른 설산들이 청록의 맑은 하늘과 어우러져 눈부시게 아름답다. 이렇게 천혜의 아름다운 자연 경관을 그곳 사람들은 느끼지 못하며 생활하는 것 같다.

카라코룸 하이웨이를 잠시만 달려보면 그 이유를 알 수 있다. 불안정한 정치와 허술한 치안, 가난을 벗어나지 못하는 사람들의 살벌한 행동이 황폐한 바위산처럼 하늘을 가리고 있기 때문이다.

파키스탄 히말라야엔 8,000m 14좌 중 두 번째로 높은 K2봉을 비롯해 낭가파르바트, 브로드 피크, 가셔브룸 1, 2봉 등 5개 봉우리가 있다. 그중 낭가파르바트(Nanga Parbat 또는 Diamir 8,125m)는 세계에서 아홉 번째, 파키스탄에서는 두 번째 높은 산이다.

낭가파르바트는 산스크리트어로 '벌거벗은 산'이란 뜻을 가진 '나그나파르바타'에서 온 말이다. 또한 이 지방 사람들은 산들의 제왕을 뜻하는 '디아미르(Diamir)'라 하여 산 중의 산이라 부르기도 한다. 하지만 셰르파들에게는 '악마의 산'이라 불리기도 한다.

= 낭가파르바트로 오르는 협곡

184

낭가파르바트는 8,000m 고봉 중 1895년에 첫 도전이 시작된 산이다. 그 후 58년 동안 31명의 목숨을 잃고 나서 정상을 허락했다. 독일 등반대는 여섯 차례 실패를 겪었고 한꺼번에 16명이 눈사태로 죽기도 했다. 이 대형사고로 말미암아 '킬러 마운틴(Killer Mountain)'이라는 섬뜩한 별명이 붙기도 했다. 우리의 산악인 고미영도 이곳에서 유명을 달리했다.

이런 척박한 곳이 어떻게 문명의 발상지가 되었을까

아침 일찍 이슬라마바드를 출발해 북부 카라코룸 히말라야로 향했다. 낭가파르바트를 찾아가는 길은 거칠기로 이름 높아 '마(魔)의 길'이라 불리는 카라코룸 하이웨이(Karakoram Highway, KKH)다.

인류 문명의 4대 발상지 중 하나인 인더스 강줄기를 따라 오른다. 나무 하나, 풀 한 포기 없는 척박하고 황량한 이런 곳이 어떻게 인류 문명의 4대 발상지 중 하나일까 싶다. 깊이와 끝을 알 수 없는 협곡에는 빙퇴석 황톳물이 포효하듯 굉음을 내며 급류로 흐른다.

파키스탄에서도 사납고 거칠기로 이름난 탈레반 거점지 칠라스(Chilas)를 통과해야 한다는 사실이 마음에 큰 부담을 준다. 비포장 구간도 많아 예상보다 시간이 많이 걸렸다. 당초 계획과는 달리 비샴(Besham)에서 하루를 머물기로 했다. 비샴에서 칠라스 구간이 파키스탄에서는 가장 테러가 빈번하고 위험한 구간이다.

= 벌거숭이산과 오아시스 같은 마을

185

비샴 인터콘티넨탈 호텔에 여장을 풀었다. 가이드 이스마엘이 "이곳은 치안이 불안하니 절대 호텔 밖으로 나가면 안 된다"고 신신당부한다.

다음 날 아침 6시 호텔을 나서려는데 경비원이 잠시 기다리라고 한다. 30분쯤 기다리자 기관소총을 든 경찰이 우리를 호위하겠다며 앞자리에 오른다. 뭔가 분위기가 좋지 않다는 것을 직감적으로 느꼈다. 파키스탄 탈레반이 외국인을 노리고 있다는 정보를 알고 우리를 보호하려는 것이었다.

나중에 안 사실이지만 이틀 후 우리가 타르싱에 도착하던 날 저녁 9시 30분 무장 괴한들이 디아미르 베이스캠프를 덮쳐 산악인들을 포박한 뒤 일일이 여권을 대조해 중국인 3명, 우크라이나인 3명, 슬로바키아인 2명, 리투아니아인 1명, 네팔인 1명 그리고 현지 가이드 1명을 사살한 처참한 사건이 벌어졌다.

긴장감 속에 한참을 달려 큰 검문소가 있는 곳에 도착했다. 아예 모든 일반 차량을 한꺼번에 모아서 에스코트해야 한다며 마냥 기다리라고 한다. 1시간을 넘게 기다리다 오픈카에 기관단총으로 무장한 경찰차가 선두에 서고 중간, 후미에는 완전무장한 경찰차가 경호하며 달린다. 산속 작은 마을을 통과하는데 가이드 이스마엘이 사진 촬영을 하지 말라고 한다. 시비의 대상이 될 수 있다는 것이다.

차창 밖으로 텁수룩한 구레나룻에 갈색 또는 검정색의 무슬림 전통 복장을 하고 있는 남자들이 모두 탈레반처럼 보였다. 그렇게 긴장 속에 가다서다를 반복하며 천천히 마을을 통과하다 보니 시간이 너무 많이 걸려 칠라스 샹그릴라 호텔에서 또 하룻밤을 보냈다.

정상적이라면 이슬라바마드에서 이틀이면 낭가파르바트 입구 마을인 타르싱에 도착할 수 있지만 지금은 상황이 그렇지 못하다. 곳곳의 검문소에서 검문을 받아야 하고 구간마다 다른 경찰이 인수인계를 하며 교대 탑승을 하느라 시간이 많이 지체되었다. 그렇게 어렵게 이슬라바마드를 출발해 3일 만에 타르싱(Tarshing 2,950m)에 도착했다.

트레킹 출발지인 타르싱은 산속 깊숙한 곳에 자리한, 분지처럼 아담하고 평온해 보이는 마을이다. 미루나무 언덕 아래 연녹색 밀밭에서는 색깔이 고운 히잡을 눌러쓴 여인들이 아이를 안고 밭고랑에 앉아 일을 한다. 그 모습이 퍽 평화로워 보였다.

어린 당나귀 등에 장작을 가득 싣고 집으로 향하는, 흰 수염이 길게 자란 노인의 모습도 정겹다. 골목에는 이슬람 전통옷을 입은 아이들이 돌담 아래 옹기종기 모여 있는 모습이 천진스럽고 귀엽다.

마을 뒤쪽으로는 라이코트 피크(7,070m)가 하늘을 찌를 듯 우뚝 솟아 있고, 수십 킬로미터가 넘는 산줄기는 마을을 병풍처럼 감싸고 있다. 참으로 평화롭고 그림처럼 아름다운 마을이다. 무엇 때문인지는 알 수 없으나 산속 마을임에도 이들의 모든 것이 넉넉하고 부족한 것이 없어 보인다. 사람들의 표정도 유난히 해맑다.

지나오면서 큰 시장이 있는 마을에서 본 사람들과는 다른 느낌이다. 탈레반 지역을 통과하면서 불안했던 마음이 한순간에 사라지는 듯했다.

히말라야를 사랑하는 산예모

낭가파르바트 호텔 캠핑장에 텐트를 치고 저녁을 준비하는 동안 텃밭 옆 동산이 있는 잔디밭으로 나섰다. 산예모 회원들이 모아 준 크레파스와 노트를 아이들에게 나누어 주기 위해서다. '산과 예술을 사랑하는 사람들의 모임(산예모)'에서는 히말라야 오지 아이들에게 학용품 보내기 운동을 하고 있다. 크레파스와 노트를 아이들에게 나누어 주고 즉석에서 함께 그림을 그리며 즐거운 시간을 보냈다.

날이 저물어 캠핑장으로 돌아오니 키 큰 미루나무에 걸린 둥근달이 낭가파르바트 산릉과 라이코트 피크의 영험하고도 웅장한 모습을 비추고 있다. 세상의 잡념을 내려놓고 몰아지경에 빠져들어 달빛 속에 솟아오른 하얀 설산의 신비함을 허공의 화선지 위에 그리니 하얀 산이 한없이 높아만 보이고 그곳이 신들의 거처임을 느끼게 된다.

둥근달을 쳐다보며 히말라야의 달밤에 한껏 취해 있을 때 이곳에서 직선거리로 20km 떨어진 곳에서는 탈레반이 외국인만을 골라 10여 명을 사살하는 끔찍한 참극이 벌어지고 있었다는 사실을 다음 날에야 알았다.

마을 앞으로 흐르는 개울물을 건너 텃밭을 안고 있는 돌담길을 따라 마을 뒤로 이어지는 가파른 황톳길을 오르니 루팔과 타르싱 마을이 한꺼번에 내려다보이는 고갯마루다. 두 마을 모두 풍요롭고 평온해 보인다. 이곳은 유난히 미루나무가 많아 이역만리에서도 고향을 느끼게 한다.

연녹색 초원에는 하늘을 찌를 듯 큰 미루나무가 바람에 한들거리고, 마을 뒤로 솟아오른 눈부신 설산이 파란 하늘과 조화를 이루니 하늘이 더 깊어 보이고 흰 산은 더 높아 보인다. 더하고 뺄 것도 없이 그대로가 한 폭의 아름다운 산수화다.

= 낭가파르바트 베이스캠프와 루팔벽

그림에서 어려운 점은 자연을 그대로 보고 그리는 것이 아니라 자기만의 시각으로 사물을 관조하고 재구성하는 것이다. 그러나 이곳에서는 달랐다. 이미 자연이 한데 어우러져 아름다움을 표현해 놓았기 때문이다. 다만 어떻게 하면 그림에서 당나귀 울음소리가 들리고, 요동치는 강물 소리가 맑은 숲 향과 어우러진 자연의 소리를 담을 수 있을지 걱정할 뿐이다.

낭가파르바트 베이스캠프로 오르는 길은 히말라야 베이스캠프보다 난이도가 낮고 유순하여 시간적으로도 짧게 걸리는 것이 특색이다. 차량으로 오를 수 있는 마지막 마을인 타르싱에서 트레킹을 시작해 루팔 마을을 거쳐 베이스캠프까지 5시간이면 충분하다.

고갯마루에서 내려와 빙하지대를 건너는데 한여름 열기에 곳곳에서 빙하가 녹아내려 크레바스가 저승사자의 입처럼 쩍쩍 벌리고 있다. 자갈밭의 빙하지대를 조심스럽게 건너 루팔 마을의 조그마한 가게 앞 나무 벤치에 앉아 음료수 한 잔을 막 마시려던 참이었다. 건장한 사내 둘이 땀을 뻘뻘 흘리며 헐레벌떡 달려오더니 가이드 이스마엘에게 무슨 말을 건넸다. 이스마엘이 참극 소식을 전해 주었다.

운명은 하늘의 뜻

그들은 이런 일에 익숙한 듯 별 반응이 없다. 이스마엘은 김영주 기자(중앙일보)에게 베이스캠프에 올라가는 것을 다시 생각해 보라며 가부를 결정하라고 한다. 김 기자와 가이드 이스마엘은 지난해에도 발토로 트레킹을 함께했던 터여서 서로 잘 통했다. 다들 "상황이 이러니 베이스캠프를 포기하고 빨리 내려가는 것이 어떻겠느냐"고 말한다.

그러나 어차피 '운명은 하늘의 뜻'이니 여기서 14좌 베이스캠프 스케치 산행을 포기할 수 없다는 생각이 든다. 히말라야에서의 죽음을 말하자면 어디 꼭 탈레반의 횡포뿐이겠는가. 한꺼번에 수십 명을 매장시켜 버린 대형 눈사태와 산사태, 깊이를 알 수 없는 크레바스, 천길 낭떠러지와 곳곳의 낙석지대, 썩은 목재로 된 출렁다리 등 모든 것이 다 죽음으로 연결되어 있다.

　　이곳에서 베이스캠프까지는 3시간이면 된다. 지금 탈레반이 쫓아오는 것도 아니고 경찰이 이곳까지 올라와 호위해 주겠다며 아무 문제 없다고 한다. 다시 한 번 차분하게 논의한 결과 결국 베이스캠프까지 가기로 했다.
　　조금 오르니 왼편 언덕 아래 초원에서 돌멩이를 표적처럼 세워 놓고 아이들이 편을 갈라 크리켓 게임을 하고 있다. 이곳에서는 우리의 야구나 축구만큼 인기 있는 게임이다. 언덕 위에서 그들의 평화로운 풍경을 보며 스케치를 했다.

　　대원들은 눈에 띄게 말수가 줄어들었다. 나는 주위의 절경에 빠져 스케치를 하느라 조금 전의 사실들을 까맣게 잊고 있었다. 그리고 미처 스케치북에 담지 못한 것들은 카메라에 담느라 바빴다.
　　작은 고개를 또 넘으니 냇가에는 미루나무와 수양버들이 늘어서 있고 뻐꾹새 우는 소리가 들린다. 우리 시골과 다를 바 없다. 그래서 더욱 정감이 간다. 건너편 하얀 설산을 쳐다보기 전에는 고향 마을 길을 한가롭게 걷고 있는 느낌이다.

= 크리켓 게임을 하며 노는 산골아이들

곳곳에는 해당화가 지천으로 피어 은은한 향기를 내뿜고 있다. 넓은 밀밭 가장자리 산 밑에는 토담집이 대여섯 채 있다. 집 앞으로는 개울물이 흐르고 개울가 바위에 앉은 여인들은 머리와 얼굴에 히잡을 두른 채 방망이질을 하며 빨래를 하고 있다. 옆에서는 어린애들이 물놀이에 열심이다.

이곳 토담집들은 네팔과는 전혀 다르다. 아무런 치장을 하지 않고 색깔도 없는 흙벽으로 지었다. 마을 앞에도 네팔에서는 그렇게 흔한 룽다와 타르초, 초르텐 같은 것이 전혀 없다. 이것이 이슬람국과 불교국의 차이인가 보다.

호숫가를 지나 낭가파르바트 주봉이 바라보이는 개울가에서 만고풍상을 이겨낸 늙은 고목이 된 수양버들 두 그루를 스케치북에 옮겨 본다. 히말라야를 지키고 있던 오래된 이야기들이 스케치북 위에 점점이 박히고, 고향 언덕에서 듣던 버들피리 소리가 그 위를 스쳐 지난다.

베이스캠프 부근에서 땔감을 구해 당나귀에 싣고 내려가는 사람들은 걸음을 재촉한다. 베이스캠프 주위에는 히말라야 소나무와 향나무가 많다. 그런데 이것들을 마구잡이로 벌목해서 땔감으로 쓰고 있으니 산은 점점 벌거숭이로 변해 가고 있다. 향나무가 자라는 데는 100년이 걸리는데, 나무 하나 베어 내는 데는 한 시간도 걸리지 않는다.

⇒ 냇가에서 빨래하는 여인들과 등산객
⇒ 당나귀에 땔감을 싣고 귀가하는 사람들

무장경찰이 베이스캠프까지 동행해 주었다. 베이스캠프에 도착하니
외국인 원정대가 전날 미리 와서 텐트를 쳐놓았다. 식사를 준비하는 동안
나는 절경에 취해 스케치를 했다. 닭백숙용으로 몰고 온 닭 두 마리는 먹이
를 쪼아 먹느라 바쁘다.

일행 중엔 불안해하며 식사를 하고 곧바로 내려가자는 이가 있다.
그러나 포터들은 이곳에서 야영을 하고 내일 아침에 내려가겠다고 한다.
건너편에 텐트를 친 외국인들도 아무 문제를 느끼지 않는 듯 야영을 하겠
다고 한다.

혼자 남아 캠핑을 하겠다고 하면 고집을 부린다고 할까 봐 내키지
않았지만 베이스캠프를 출발했다. 주위는 점점 어두워지고 자갈에 푹석한
모래와 황토먼지로 숨을 가빠왔다. 올라올 때는 구경삼아 천천히 올라오
느라 몰랐나 보다. 네팔 마나슬루 트레킹 때 라르키아 피크를 통과하느라
14시간 운행했던 것 말고는 이렇게 장시간 산행을 해 본 적이 없었다.

루팔 마을에 도착하니 경찰 20여 명이 기다리고 있다가 호위를 한
다. 조금 더 내려가니 또다시 군인 1개 소대가 기다리고 있다가 에스코트를
한다. 올라가기 전날 야영했던 낭가파르바트 호텔에 도착하니 군인들이 밖
에서 야영하며 보초를 서겠다고 우리는 룸에서 자라고 한다.

밖으로 나와 하늘을 보니 달빛 너머 하늘이 붉어 보인다. 지난밤 사
고를 당한 이들의 넋이 하늘을 물들였나보다. 파키스탄의 하늘이 하루 빨
리 군청색 맑은 하늘로 보였으면 좋겠다.

= 고목이 된 수양버드나무와 기관소총을 메고 등산객을 경호하는 경찰관

K2, 브로드 피크

Mt. K2, Broad Peak | 8,611m, 8,047m

= 세계 제2위 고봉인 K2의 위용

신들의 광장 '콩코르디아'

　　히말라야 고봉들은 때와 장소에 따라 느낌이 다르다. 아침과 오후의 음영(陰影), 오를 때와 내려설 때의 시점(視點), 그리고 구름의 높낮이와 날씨에 따라 전혀 다른 감동으로 다가온다.

　　아스콜레(Ascole 3,050m)를 출발해 졸라(Jhola 3,353m)를 거쳐 녹색 숲지대로선 마지막인 파이유(Paiyu 3,450m)에서 고소 적응을 위해 이틀을 보내고 드디어 발토로(Baltoro) 빙하로 들어선 이후, 도열한 흑백의 첨봉들을 대하면서 더욱 실감하게 된 사실이다.

　　코부르체(Khoburtse 3,930m)에서는 날파리가 새까맣게 달라붙은 주먹밥으로 허기를 달래야 했다. 거대한 낙석들로 산사태가 위험한 우르드카스(Urdukas 4,200m)에서는 가슴을 졸이며 하룻밤을 머물고, 고로(Goro 4,380m)에서는 별이 쏟아지는 히말라야의 밤하늘을 바라보며 황홀경에 빠지기도 했다.

　　신들의 광장이라 하는 콩코르디아(Concordia 4,600m)에 도착하니 위풍당당하고 장엄한 하늘의 절대군주 K2가 바로 눈앞에 삼각으로 우뚝 섰다. 가쁜 숨을 고르며 넋을 잃고 망연히 바라보았다. 지금까지 6박7일 간의 고통이 한순간에 사라진다.

　　K2(8,611m)와 브로드 피크(8,047m)를 조망하기에 가장 좋다는 콩코르디아는 1892년 이곳에 맨 먼저 진출한 영국 탐험가 마틴 콘웨이가 파리의 광장 이름을 따서 붙인 이름이다. 그러나 규모나 크기가 어디 콩코르드 광장에 비교한다는 것이 가당키나 한 노릇인가.

= 캠핑장에서 포터들이 기도를 올리고 있다.

콩코르디아 빙하는 광장 콩코르디아와는 비교할 수 없을 정도로 거대하다. 이곳은 빙하들의 집합처다. 발토로 연장선상에 있는 어퍼 발토로와 K2로 연결되는 고드윈 오스틴 빙하, 그 외 브로드 피크가 흘려 준 빙하와 가셔브룸 4봉이 내려주는 빙하까지 4개가 만난다. 한 개의 빙하만 해도 가늠할 수 없는 넓이인데 다섯 개라니. 그러므로 콩코르디아는 구경(口徑)이 큰 어안렌즈로도 다 담을 수 없는 넓이다.

해발 4,600m 높이라 당연히 공기는 희박하고 맑다. 따라서 아득하게 먼 곳까지 가시거리가 연장된다. 눈 밝은 이는 브로드 피크 베이스캠프의 형형색색의 텐트도 볼 수 있다.

식인상어 아가리처럼 입 벌린 크레바스

압도적인 콩코르디아 주위 풍광이 주는 충격 때문에 누구나 한동안 자리에 주저앉아 일어날 줄을 모른다. 수평의 넓이에 수직의 높이가 더해진 아득한 세계가 펼쳐지고, 정면으로는 하늘의 군주 K2가 뿌리째 나타난다. 제자리에 서서 한 바퀴 돌아보면 손에 잡힐 듯한 7,000m 이상의 거봉들이 얼마나 많이 솟아 있는가. 어찌 이런 비경에 감탄하지 않을 수 있겠는가.

콩코르디아에서 영(靈)이 서린 비경들을 스케치북에 담고 가셔브룸 베이스캠프를 향해 오른다. 광활한 모레인 지대는 지금까지 올라왔던 길보다 더 험난한 길들이 이어져 한치 앞을 가늠하기가 어렵다. 거대한 식인상어의 아가리처럼 깊이를 알 수 없는 크레바스가 곳곳에 산재해

= 샤그린에서 바라본 기암군봉

204

있어 잠시도 긴장을 늦출 수 없다.

　어쩌다 실족이라도 하면 크레바스 속으로 빨려들어 한순간에 불귀의 몸이 되고 말겠구나 하는 생각에 가슴이 졸아드는 공포감마저 든다. 가이드 굴람의 뒤를 바짝 뒤따르며 조심스럽게 한 걸음씩 진행한다.

　군부대를 지나 샤그린 캠핑장에 도착해 빙하 위에 텐트를 쳤다. 샤그린 캠핑장은 산등성이처럼 솟아오른 조망 좋은 곳이다. 사방에 높이 솟은 첨봉들은 저녁 햇살을 받아 입체감을 더한다. 히말라야의 신령스러움이 눈과 가슴으로 느껴진다.

　포터들이 숙소 돌담 움막에서 비닐을 치고 짜파티를 굽느라 부산하다. 담 옆에는 짐을 푼 당나귀들이 선 채로 잠이 들었다. 어떤 당나귀는 발목에 상처가 심해 비닐을 감았지만 얼마나 지쳤는지 꼼짝도 하지 않는다.

　함께 간 김미곤 원정대는 저녁을 먹자마자 텐트로 들어가 지친 몸을 침낭 속에 묻는다. 나는 쏟아지는 별들을 가슴으로 느끼며 그 황홀함을 카메라에 담기 위해 두툼한 우모복을 입고 텐트 밖으로 나섰다. 별이 쏟아진다는 말은 이럴 때 쓰는 것이다. 하얀 설산 위에 영롱한 별들은 한여름 소낙비처럼 와르르 쏟아진다. 가끔씩 빙하가 갈라지는 요란한 소리는 히말라야 별밤의 정적을 깬다.

　아침엔 햇살이 하얀 설산을 황금빛으로 물들인다. 온 산이 황금덩어리로 변한다. 어설픈 수식어는 거추장스럽다. 지금의 이 신령한 선경 앞에서는 어떤 표현도 누가 될 뿐이다. 이백(李白)이 중국 현공사(懸空寺)를 찾았을 때 "더 이상의 아름다움은 없다" 하며 '장관(壯觀)'의 장(壯)자 위에 점 하나를 더 찍어 최고의 장관이라는 의미로 표현했다고 한다. 지금 바로 '장관(壯觀)'이라는 단어 하나로 족할 것 같다.

= 캠핑장에서 포터들이 짜파티를 굽고 있다.

드디어 가셔브룸 베이스캠프에 오르는 날이다. 고도를 5,100m까지 높여야 하므로 천천히 걸으며 고소 적응을 한다. 사면의 희미한 자갈길을 따라 여유를 갖고 주위 풍광을 스케치북에 담으며 느리게 진행하는데 당나귀 시신이 비탈진 곳 바위에 백골이 된 채 누워 있다.

지난밤 다친 발목에 비닐을 동여맨 당나귀 생각이 떠오른다. 당나귀는 발목이 부러지면 얼음 위에 저렇게 그냥 두고 내려간다고 한다. 싸늘한 얼음 위에서 하늘을 쳐다보며 마지막 숨을 거두었을 당나귀를 생각하니 마음 한구석이 몹시 아려온다. 유습이 짜이 한 잔을 가져와 짜파티와 함께 먹으라는데 목이 메어 사양했다.

유습이 너럭바위에 앉아 담배를 피워 문다. 어릴 적에 보았던 조그만 곽성냥으로 불을 붙인다. 성냥 한 개비를 아끼려고 모닥불에서 불을 붙여 밥솥 아궁이에 불을 지피던 어머님 모습이 갑자기 떠오른다. 지난해 캉첸중가 트레킹 도중이어서 어머니 임종을 지키지 못해 치밀어 오르는 그리움이 더하다.

이 거대한 빙하가 조금씩 흘러내린다니…

당나귀 행렬이 지나간다. 얼음 위 자갈을 밟는 소리가 와삭와삭 요란하다. 빙하 위에 홑겹으로 자갈이 깔려 있어 돌멩이 하나를 치우면 곧바로 얼음이 나타난다. 한낮에는 자갈들 사이로 빙하가 녹아 생긴 작은 물줄기들이 얼음에 골을 파고 흐른다. 그렇게 모아진 물줄기들이 어느 곳에 이르면 급류로 변하고, 밤이 되면 다시 얼어붙기를 반복한다.

= 가셔브룸 1봉을 오르는 원정대

■ 카라코룸의 여왕이라 불리는 마셔브룸의 위용

샤그린에서 출발한 지 2시간 30분이 지나서야 가셔브룸 베이스캠프의 형형색색의 텐트들이 개미집처럼 아스라이 나타난다. 드넓은 발토로 빙하 중앙에 솟아오른 능선길 같은 모레인 지대는 거대한 잠룡(潛龍)의 등처럼 히말라야를 굽이쳐 오르다 빙하 속으로 몸을 감춘다. 그 끝 지점에 가셔브룸 1, 2봉 베이스캠프가 자리하고 있다. 이렇게 꽁꽁 얼어붙은 거대한 빙하가 조금씩 흘러내린다니, 지구가 돌고 있다는 사실만큼이나 느끼기 어려운 일이다.

베이스캠프에 미리 도착한 김미곤 원정대는 빙벽을 깎고 돌을 쌓아 텐트 칠 장소를 마련하고 있었다. 바로 옆에는 제주도 원정대가 3일 전에 도착, 자리를 잡았다. 김미곤 원정대는 가셔브룸 1봉 등반을, 제주 한국설암산악회 팀은 가셔브룸 2봉을 등반할 예정이다.

저녁은 먼저 도착한 제주 팀이 소갈비찜과 내장탕에 소주까지 준비했다. 술이 없는 파키스탄에서 이런 호사라니. 그것도 5,100m 베이스캠프에서. 나중에 언론 보도를 통해 알게 된 일이지만, 설암산악회 원정대는 가셔브룸 2봉 정상 부근에서 부상당한 대만 산악인을 구하기 위해 등정을 미루는 인간애를 발휘해 대만 원정대뿐만 아니라 당시 베이스캠프에 머문 세계 각국의 산악인들을 감동시켰다고 한다.

가셔브룸 1봉은 초등 당시 빙하를 한참 거슬러 올라가서야 그 존재를 알게 돼, 깊숙한 곳에 숨어 있다는 의미로 히든 피크(Hidden Peak)라는 별명을 갖고 있다.

베이스캠프에 강풍과 싸락눈이 몰아치며 온도가 급격히 떨어져, 고소 증상에 시달리며 밤잠을 설쳤다. 아침에도 간간이 눈발이 날린다. 지난밤 내린 눈은 발목을 덮었다. 거대한 첨봉들은 운무에 가리어 그 위용을 알 수 없고, 온통 몽환적인 세상으로 변해 동서남북을 분간할 수 없다. 스케치 산행에서는 짙은 안개가 문제다. 내일은 날씨가 맑기를 기원하며 텐트 안에서 책이나 읽을 수밖에 없었다.

함께 올라온 포터들은 당나귀 때문에 다음 날 곧바로 내려가야 한다. 콩코르디아까지 내려가야 당나귀 먹이를 구할 수 있기 때문이다.

무엇이 이들을 이곳까지 끌어당겼을까

베이스캠프에서 3일째 되던 날 아침 9시가 넘으니 운무가 정상을 향해 줄달음친다. 여인의 속살 같은 가셔브룸 1봉의 신령스런 모습이 조심스럽게 나타난다. 장관이다. 스케치북에 크로키 하듯 그 모습을 담고 카메라 셔터를 눌러댔다. 변덕이 심한 히말라야에서는 언제 그 모습이 구름 속으로 사라질지 모르는 일이다. 이곳에서 위쪽으로 500m가량 더 올라가야 가셔브룸 2봉의 위용을 볼 수 있다.

4일 만에 베이스캠프를 떠난다. 약간 눈발이 날린다. 이제 다시 한겨울에서 한여름으로 들어선다. 베이스캠프를 내려서는데 김미곤 대장이 계속 따라오다가 끝내 둘 다 눈물을 보이고 말았다. 무엇이 이토록 사내들의 이별을 아쉽게 했던 것일까. 자꾸 뒤를 돌아보며 손을 흔들어 보지만 쉽게 설움이 그치지 않는다. 눈 내린 히말라야의 빙하 위에서 사내들의 이별은 많은 것을 가슴으로 느끼게 했다.

다시 샤그린에 도착해 포터들의 움막인 돌담 아래 쭈그리고 앉아 바람을 피해 주먹밥을 먹으며 포터들의 애환을 조금이라도 느껴본다. 군부대를 지나 콩코르디아에 도착하니, 신령스럽던 K2도 운무에 가렸다.

다음 날 K2 베이스캠프를 오르기 위해 새벽 5시에 일어나니 발목이 빠지도록 눈이 깊다. 계획을 바꿔 다음다음 날 눈이 오지 않으면 당일로 K2 베이스캠프를 다녀오기로 가이드 굴람과 의견을 모았다. 오늘은 이곳에서 스케치를 하며 보내기로 했다.

212

콩코르디아에서 브로드 피크 베이스캠프(4,950m)까지는 10km 남짓한 거리에 서너 시간이면 갈 수 있다. 또 이곳에서 K2 베이스캠프(5,150m)까지는 약 8km, 두세 시간 걸린다. 왕복으로 치면 열 시간에서 열두 시간이 소요되는 만만찮은 거리지만 당일에 가능할 수도 있겠다는 생각이 들었다. 포터들은 이 거리를 한나절만에 왕복한다.

햇살이 비치자 빙하 위의 신설은 금방 녹아 자취를 감추고 검은색 자갈들이 드러난다. 그러자 가이드 굴람이 브로드 피크 베이스캠프로 떠났다가 오후에 돌아와 배낭에서 피묻은 소고기 한 덩어리를 꺼낸다. 이것을 쿡 유습이 튀김요리를 해서 내놓는다. 소스만 있으면 영락없는 소고기 탕수육이다. 이곳은 술이라고는 아예 없으니 그냥 먹을 수밖에.

다음 날 아침 다행히 날이 맑았다. 콩코르디아를 뒤로하고 오스틴 빙하로 접어든다. 두 개의 거대한 물길을 건너야 한다. 에메랄드빛 빙하 계곡 중 폭이 가장 좁은 데를 찾아 혼신을 다해 건너뛰어야 한다.

= 웅장한 설산이 이어져 있다.

발을 헛디뎌 빠지면 목숨이 위태롭다. 빙하의 물길은 얼음구덩이 속을 급속도로 통과하기 때문에 구덩이에 갇히면 한 시간 이내에 저체온증으로 죽는다. 실제로 그렇게 목숨을 잃는 포터들이 종종 있다.

끝없는 너덜지대를 걸어 브로드 피크 베이스캠프에 도착해 커피를 마셨다. 콩코르디아를 출발한 지 세 시간이 되어서다. 갑자기 헬리콥터 소리가 요란하다. 독일인 남자가 브로드 피크 정상에 선 뒤 하산 도중 다리가 부러졌다고 한다. 얼마 전에도 오스트리아 여자 한 명이 이곳 브로드 피크에서 추락사했다는 소식을 들었다.

브로드 피크 베이스캠프를 떠나 K2 베이스캠프를 향해 오른다. 허리에 운무를 휘감은 K2는 인간이 범접할 수 없는 천상의 나라처럼 하늘에 둥둥 떠 있다. 트레킹을 떠나면 자고 걷는 게 거의 전부다. 간단해서 좋다. 세상일을 걱정하기엔 너무 멀리 왔고, 일상의 소소한 일 따위에 신경쓰기엔 히말라야의 가슴은 너무 넓다.

K2 베이스캠프가 바라보이는 언덕 위의 메모리얼에 올라 명패 하나하나의 이름과 얼굴 위에 손을 올려놓으니 그만 눈물이 왈칵 쏟아진다. 그 어떤 마력이 이들을 스스로 이곳까지 오도록 끌어당겼을까. 가이드 굴람도 눈물을 훔치며, 목 놓아 우는 나를 붙들고 그만 하산하자고 팔짱을 낀다. 메모리얼을 내려서는데 동판의 환한 미소들이 자꾸 눈앞에 어른거린다. 아무래도 저들은 번잡한 세상보다 하얀 설산이 더 좋아 바람이 되었나 보다. 저렇게 밝은 미소로 웃고 있으니.

= K2 베이스캠프가 바라다보이는 메모리얼의 명패들

= 눈 덮인 빙하를 오르는 포터들

가셔브룸 1, 2봉

Mt. Gasherbrum 1, 2 | 8,068, 8,035m

= 가셔브룸 베이스캠프

발토로 빙하 위에 솟아오른 히말라야 군봉들

삶이 무료하고 답답하다고 느껴질 때 사람들은 여행을 떠나고 싶어 한다. 정보가 부족한 오지로 떠나는 여행은 처음 접하는 신비감 때문에 삶의 새로운 활력소가 될 수 있어 더욱 그렇다. 그런데다 혼자 상상하던 것보다 전혀 다른 세상이 펼쳐진다면 한없는 환희와 걷잡을 수 없는 희열을 느끼게 된다.

발토로 빙하 위에 솟아오른 히말라야 군봉들을 접하면 그렇다. 네팔의 히말라야를 지리산에 비유해 여성적이라 한다면, 파키스탄 발토로 빙하에 솟아오른 히말라야는 한겨울 설악산을 빼닮아 강한 남성적 느낌을 갖게 한다. 그래서 발토로 빙하를 걷다 보면 내가 히말라야 산을 오르고 있는 것이 아니라 히말라야 산들이 나를 오르게 한다는 사실을 느끼게 된다.

발토로 빙하 끝자락 가셔브룸 베이스캠프로 가려면 스카르두에서 시작해야 한다. 이슬라마바드에서 스카르두로 가는 길은 육로와 항공편이 있지만 변덕스런 산악지대 날씨와 탑승객 수에 따라 운항하는 날보다 쉬는 날이 많아 불편을 감소하고라도 대부분 육로를 이용한다. 육로 이용은 마(魔)의 길이라 불리는 카라코룸 하이웨이를 달려 탈레반 집단 거주지인 칠라스 지역을 통과해야 하는 큰 부담이 따른다.

스카르두에서 지프차를 타고 황토 먼지를 뒤집어쓰며 산허리를 휘감고 도는 비포장길을 달려 아스콜레에 도착한 뒤 빙하 위에서 캠핑을 하며 꼬박 8박9일을 걸어가야 가셔브룸 베이스캠프에 도착할 수 있다. K2 베이스캠프까지 다녀와야 하는 일정을 감안한다면 이번 카라코룸 트레킹은 20일 넘게 빙하 위에서 텐트 생활을 해야 한다. 작은 나무 그늘 하나 없고 녹색이라고는 이끼 낀 돌멩이 하나 찾아볼 수 없는 빙하계곡에서 20일 넘게 생활한다는 것은 그렇게 녹록하지 않은 일이다.

낭가파르바트 트레킹을 마치고 가셔브룸 베이스캠프와 K2 베이스캠프를 가기 위해 타르싱에서 출발해 라나 호텔에서 하룻밤 머물렀다. 그리고 샹그릴라에 들러 BC 2000년의 흔적을 영혼으로 느낀 후 스카르두 (2,500m)에 도착했다.

스카르두 K2 호텔에서 여장을 풀고 다음 날 KBS 다큐 제작팀과 불교 유적지를 스케치한 다음 시장 풍경을 촬영하고 일행들은 다음 날 이슬라마바드로 떠났다.

스카르두는 이슬람 문화권이 들어오기 전에는 불교 문화권이었다고 한다. 지금은 불교 유적지가 모두 사라져 버렸지만 거대한 바위에 음각으로 새겨진 불상이 있는 곳을 찾아 불심을 느껴본다.

일행들이 모두 떠나고 혼자 남아 가셔브룸 1봉 김미곤 원정대와 합류하기 위해 호텔 주위를 스케치하며 사흘을 기다렸다. 이럴 때 그림을 그린다는 것에 스스로 위안을 삼고 고마움을 느끼게 된다. 시간의 무료함을 느끼지 않기 때문이다. 특히 K2 호텔은 시가르 강과 인더스 강이 합쳐지는 강 언덕에 있어 조망이 좋다. 그림 그리기에도 안성맞춤이다.

시장 풍경을 스케치하러 나선다. 어느 가게에서는 화덕에 짜파티를 굽고, 길바닥에 좌판을 벌인 촌로는 구두수선을 하느라 바쁘다. 망고 등 열대과일도 많다. 갓 구운 짜파티도 사먹고, 망고 4kg를 450루피에 샀다. 가게는 모두 남자들이 운영하고 시장거리에서는 여인들을 구경할 수 없다.

오늘은 온종일 흐리고 빗방울이 오락가락한다. 이곳은 연평균 강우량이 150mm, 우리의 장마 때 하루 강우량도 안 된다. 그래서 이곳에서는 빗방울을 구경할 수 있는 것만으로도 큰 행운이다.

지난밤에는 강풍이 휘몰아쳐 호텔 정원 잔디 위에 낙엽이 수북이 쌓였다. 언덕 위에 키 큰 미루나무 너머로 산정의 짙은 감청색이 아래로 내려오면서 녹색으로 변한 다음 엷은 갈색을 띤다. 마치 운보 김기창 화백이 즐겨 그리던 청록 산수화 한 폭을 여기서 실경으로 보는 듯하다. 언덕 아래는 삭막한 황무지에 미루나무를 심어 점점 푸른 숲을 이루어 가고 있다.

웅장한 첨봉들 보초라도 서듯

스카르두에 도착한 지 나흘 만에 김미곤 원정대와 합류해 아스콜레(Ascole 3,050m)로 향한다. 아스콜레까지는 지프차로 약 7시간 걸린다. 스카르두를 벗어나자 서부영화에서 본 황량한 산악지대가 끝없이 펼쳐지더니 꽤 큰 시가르(Shigar) 바자르 마을에 도착하니 밀밭은 황금색으로 물들어가고, 감자밭엔 흰색과 보라색 꽃이 만개했다.

고흐의 밀밭 그림을 떠올리게 하는 평온한 마을이다. 황폐한 불모지에 이런 오아시스 같은 마을이 있다는 것이 신기하기만 하다. 오아시스 같은 마을을 지나면 또다시 풀 한 포기 없는 산악지대로 변한다.

다소(Dasso)를 지나 목재로 된 출렁다리를 지프차로 건넌다. 목재 난간은 부서져 제멋대로다. 위험천만한 상황이 손에 땀을 쥐게 하고 오금이 저린다. 짐과 사람을 잔뜩 싣고 삐걱거리는 이런 출렁다리를 건넌다는 것은 우리 상식으로는 상상하기조차 힘든 일이다. 그러나 여기서는 현실이다.

아팔리곤에서 간식으로 밀크티 한 잔과 화덕에서 구운 짜파티를 먹고 휴식을 취한 후 다시 일어섰다.

＝ 목재로 된 출렁다리를 건너는 지프차

222

아스콜레에 도착하니 빗방울이 떨어지기 시작한다. 아스콜레는 차량 이동이 가능한 마지막 마을로 거대한 설산이 올려다보인다. 이곳 사람들은 매년 이곳을 찾는 원정대와 트레커들 짐을 날라 주며 생활한다. 하루 10달러의 임금이지만 단기간에 목돈을 쥘 수 있는 중요한 수입원이어서 경쟁이 심하다.

첫 야영지인 아스콜레에서 밤이 되자 키 큰 미루나무가 고향 생각을 무릎 위에 올려놓는다. 김미곤 대장이 "화백님, 오늘 저녁부터는 저희와 함께 텐트를 쓰시죠" 한다.

다음 날 이른 아침 포터 1인당 25kg씩 짐을 나누어 지고 졸라를 향해 오른다. 파키스탄 포터들은 네팔과 달리 무게를 정확히 잰다. 그래서 가이드는 손저울로 개별 짐뿐만 아니라 공용 짐까지 정확히 나눈다. 김미곤 원정대는 포터 58명, 가이드 1명, 쿡 2명이고, 블랙야크 문화원정대는 포터 11명, 가이드 1명, 쿡 1명, 치킨보이 1명으로 70명이 넘는 대인원이 함께 이동한다. 거기에다 당나귀까지 합치면 그야말로 대부대다.

트레킹 첫날 졸라(3,353m)까지 가는데 약한 빗방울이 떨어진다. 다행히 도로에 먼지가 심하지 않다. 그러나 빗방울이 그치고 조금 오르니 금세 신발 위에 먼지가 뽀얗게 앉는다. 파이유 피크가 위용을 자랑하는 넓은 벌판에 해당화가 만발했다. 내리쬐는 햇빛에 챙 넓은 모자를 쓰고 긴팔 옷을 입었지만 자갈길을 걸어야 하는 발걸음이 쉽지 않다.

작은 배낭 하나 달랑 메고 중형 카메라까지 가이드 굴람에게 맡기고 걷는 나는 그나마 다행이다. 엉덩이까지 내려오는 홑겹의 파키스탄 전통옷을 입은 포터들이 자기 머리보다 더 높이 올라간 짐을 지고 묵묵히 발걸음을 옮기는 것을 보면 미안한 마음이 들지만 나는 더 많은 것을 깨닫게 된다.

흙먼지 날리는 길을 한참 걸으니 넓은 저수지가 있고 수양버들이 휘늘어진 고로폰(Golopon 3,100m)에 도착했다. 캠핑을 할 수 있는 곳이다. 삶은 달걀과 주먹밥으로 점심을 먹고 아름다운 풍광을 스케치북에 담는다. 골격이 웅장한 첨봉들이 흰 눈을 뒤집어쓰고 오아시스 같은 곳을 보초라도 서듯 도열해 있다.

고로폰을 지나 커다란 오르막을 건너니 강이 갈라졌다. 왼쪽은 두모르도(Dumordo) 강이고 직진 방향이 발토로 빙하다. 산모퉁이를 돌아서니 강 건너 거대한 암벽 밑에 화장실 같은 건물이 여럿 보이고 듬성듬성 나무들이 서 있는 오늘의 목적지인 졸라가 한눈에 들어온다.

졸라 캠핑장이 눈앞에 빤히 보이지만 40여 분 이상 더 유턴해서 걸어야 한다. 출렁다리를 건너 티하우스가 있는 넓은 졸라 캠핑장에 도착했다. 사각으로 수양버들이 우거진 공터에 텐트를 치니 별장이 따로 없다.

졸라 캠핑장에서 첫날을 지낸 다음 날 이른 아침부터 모두 분주하게 움직인다. 쿡은 식사 준비를 하고, 포터들은 당나귀에 짐을 싣느라 바쁘다. 포터들의 수다스런 목소리가 조용한 자연의 아침을 깨운다.

파키스탄에서 트레킹 할 때는 로지가 많은 네팔과는 달리 계속 야영을 하며 이동하기 때문에 초기 컨디션 조절이 아주 중요하다. 그래서 서두르거나 급하게 오르려 하지 않고 졸라에서부터 여유를 갖고 느긋하게 움직였다.

오늘은 날씨가 흐리고 바람이 쌀쌀하다. 가이드 굴람이 "오늘 같은 날은 축복 받은 날"이라며 엄지손가락을 치켜세우고 "선생님은 럭키맨!" 한다. 나무 그늘 하나 없는 황량한 곳에서 햇빛이 강하면 온도가 40도를 넘나들어 트레킹 하는 데 무척 힘들기 때문이다.

빗방울이 약간 떨어진다. 그래도 워낙 건조하고 메말라 흙먼지는 발등을 덮지만 곳곳에는 해당화가 곱게 피어 은은한 향기를 내뿜고 있다. 이렇게 흙먼지가 푹신대는 걸 보니 이곳은 밤사이 이슬도 내리지 않았나 보다.

우르드카스에서 바라본 그대로가 한 폭의 작품

졸라에서 출발한 지 두 시간이 지나자 돌담으로 지어놓은 군막사가 나타나고 막사에는 파키스탄 국기가 대나무 장대 끝에서 펄럭인다. 발토로 빙하 일원은 중국과 인도와 국경을 접하고 있어 곳곳에 군부대가 있다. 헬리콥터 두 대가 수시로 보급품을 나르며 순찰하기 때문에 탈레반 피습으로부터 보호받을 수 있어 안전하다.

검문소에 도착하니 넓은 초원 같은 곳에 작은 티하우스가 있는 캠핑장이다. 대부분의 포터들은 이곳에서 아침과 점심을 겸한 식사를 한다. 어떤 포터는 마른 가지를 주워 와 수프를 끓이고, 또 어떤 포터는 비닐봉지에 싸온 짜파티를 꺼내 먹는다. 그들은 하루에 두 끼를 먹으며 일당 10달러를 받고 그렇게 힘든 일을 한다.

포터들과 앞서거니 뒤서거니 하며 일곱 시간 정도 걸으니 멀리 푸른 숲이 보인다. 파이유(Paiyu 3,450m)다. 어떻게 이런 곳에 울창한 숲과 물이 있을까. 사막 같은 모래지대를 걷던 트레커들에게는 오아시스다. 본격적인 트레킹을 시작하기 전 이곳에서 고소 적응을 하며 충분한 휴식을 취하기 위해 대부분 이틀간 머물다가 출발한다. 과연 그러기에 손색없는 곳이다.

세면장이 따로 마련돼 있어 밀린 빨래도 하고 눈 덮인 파이유 피크를 올려다보며 스케치도 했다. 한낮에는 햇빛이 너무 강해 나무 그늘에 앉아 휴식을 취하고 오후가 되어 강 건너 보이는 설산 암봉들을 스케치하는데 해가 산허리를 타고 눈 위로 미끄러진다. 금세 바람이 차갑게 느껴져 다운재킷을 입어야 했다.

= 발토로 빙하의 등대 역할을 하는 가셔브룸 4봉과 가셔브룸 2봉

저녁에는 아스콜레에서부터 데리고 온 닭으로 백숙을 했다. 원정대들은 장기간 머물러야 하므로 체력 보강을 위해 염소나 소를 베이스캠프까지 몰고 올라온다. 미리 잡아서 가져오면 햇볕이 강하기 때문에 고기가 상해 못 먹을 뿐더러 운반비도 추가로 지불해야 한다.

파이유를 출발해 완만한 산자락 가운데를 걸으며 빙하가 시작되는 곳에 도착하니 만년 빙하가 녹아내린 엄청난 양의 강물이 시커먼 입구로부터 콸콸 솟구쳐 강을 이룬다. 이것이 인더스 강물이 된다. 이곳에서 좌측으로 오르는 길이 트랑고 타워로 가는 곳이고, 곧바로 가면 K2와 가셔브룸 베이스캠프로 오르는 길이다.

이제부터는 빙하 위 모레인 지대를 걸어야 한다. 길을 잃지 않으려면 가이드 뒤를 바짝 따라가야 한다. 날씨가 수시로 변하기 때문에 배낭에는 여벌옷과 장갑, 그리고 혹시 모를 경우를 대비해 헤드랜턴과 비상식도 챙겨야 한다.

목적지인 우르드카스(Urdukas 4,200m)까지 가는 길은 모레인 지대로 빙하의 연속이다. 커다란 빙하지대를 지날 때는 찬바람이 불어 한기가 느껴진다. 하지만 어느 순간 파이유 피크(6,600m), 울리비아호(Uli Biaho 6,417m), 트랑고 타워(Trango Tower 6,545m), 초리초(Choricho 6,756m) 등이 눈앞에 파노라마처럼 펼쳐지면 스케치북을 펼치지 않을 수 없다.

강줄기를 따라 여유있게 걷는다. 하늘은 회색 구름이 깔렸고, 산들바람은 보랏빛 야생화 꽃잎을 살랑댄다. 트레킹 하기에는 더없이 좋은 날씨다. 가끔 내려오는 트레커들을 만나면 서로 인사를 나누고 위쪽 상황을 묻기도 한다. 이곳에서 인천대학교 산악부 주임교수를 만났다. K2 베이스캠프를 다녀온다고 한다. 이런 곳에서는 고향을 따질 것도 없다. 한국 사람을 만나면 그저 기쁘고 반갑다.

= 울리비아호의 위용

네팔은 설산을 바라보며 걷는다면, 파키스탄은 설산을 끼고 설산과 함께 걷는다. 네팔에서는 며칠을 걸어야 멀리 전방에 설산이 나타나지만, 파키스탄에서는 사방으로 둘러싸인 설산을 바라보며 걷는다. 어느 한 방향의 설산을 보는 것이 아니고 사방에 병풍을 펼쳐 놓은 듯 설산이 보인다.

릴리고 캠핑장에서 빙하협곡을 따라 계속 진행하는데 곳곳에 빙벽이 녹아 돌멩이들이 굴러떨어지는 소리가 요란하다. 이제는 하늘이 청명하다. 그런데 호부르체(Khoburtse 3,930m)가 가까워지면서 날파리가 눈을 뜰 수 없게 달라붙는다. 이곳에 도착해 주먹밥으로 점심을 먹는데 어찌나 날파리가 극성을 부리는지 한 입 먹을 때마다 서너 마리씩 입으로 들어가 씹히는 느낌이었다. '시장이 반찬이라는 말을 이럴 때 쓰는가 보다' 하는 생각이 들었다. 안 먹을 수 없으니 말이다.

어디선가 물소리가 요란하다. 하지만 물의 흔적은 찾아볼 수 없다. 빙하 밑으로 흐르는 물소리가 그렇게 요란하다. 호부르체에서 오르는 길은 빙하 위 모레인 지대의 연속이라 신경을 쓰지 않으면 곧바로 사고로 이어지겠다는 생각이 들었다. 목이 타는 갈증에 걷기가 무척 힘들다. 올라오는 동안 길잡이가 되어 준 가셔브룸 4봉이 점점 가까워진다.

우르드카스 캠핑장에 도착했다. 앞이 확트인 가파른 언덕 위에 있는 이곳은 최고의 전망대다. 그리고 암봉으로 둘러싸인 발토로 빙하 위에 풀이 있는 마지막 야영지다. 전면에 트랑고 산군이 가장 잘 보이는 곳이다.

트랑고 산군은 숨을 거칠게 몰아쉬게 하고, 요동치는 심장 박동소리가 천지를 울리며, 알 수 없는 욕망이 솟구쳐 올라 푸른 창공에 일필휘지로 일획을 긋게 한다. 세계에서 가장 큰 절벽과 가장 도전적인 암벽 등반을 즐길 수 있는 최고의 장소임에 틀림없다. 그레이트 트랑고 타워 바로 북서쪽에 네임리스 타워라고 불리는 트랑고 타워(6,239m)가 솟아 있다. 내가 내려가던 날도 트랑고 타워를 향해 한국 여성 네 명이 올라오고 있었다.

우르드카스는 캠핑장 뒤쪽에 거대한 바위들이 버티고 있어 가끔 산사태가 나기도 한다. 2년 전에도 큰 산사태가 나서 거대한 바위들이 캠핑장을 덮쳐 포터와 등산객 43명이 한꺼번에 생매장된 참사가 있었다. 우르드카스는 '바위가 떨어진다'는 뜻이라고 한다.

첨봉으로 둘러싸인 전망 좋은 곳이라 스케치 장소로는 그만이지만 위험을 감수해야 한다. 빙하 호수 위에 솟아오른 거대한 암봉들은 그대로 한 폭의 작품이다. 석양에 비친 봉우리들에선 영기마저 흐른다. 오후 햇살에 반짝이는 호수 물결은 신령스럽기만 하다.

이곳에서 바라보면 왼쪽이 파이유 산군, 오른쪽이 트랑고 산군이다. 파이유 피크 옆으로 우뚝 솟은 봉우리가 울리비아호다. 이 봉우리를 스케치북에 담는다.

위풍당당한 카라코룸의 고봉들

우르드카스에서 아침 햇살을 받으며 지난해 사고를 당해 시신들이 묻혀 있는 거대한 바위 옆을 지나 다시 빙하지대로 들어서니 녹색은 자취를 감춘다. 가도 가도 끝없는 황량하기 그지없는 빙하 위의 너덜지대를 걷는다. 가끔 백골이 된 당나귀 시신들이 걸음을 멈추게 한다.

진행 방향으로 가셔브룸 4봉과 가셔브룸 2봉이 우뚝 솟아 이정표 역할을 하고 그 옆으로 브로드 피크가 얼굴을 삐죽 내민다. 오른편으로는 마셔브룸(Masherbrum 7,821m)이 위용을 자랑하고 바로 옆으로 우르드카스 피크가 하늘을 찌를 듯 솟구쳐 있다. 발아래는 작은 물줄기들이 빙하 위를 흘러 거대한 급류를 만들고 있다.

= 네임리스 타워와 트랑고 타워

고로(Goro 4,380m) 캠핑장에 도착해 빙하 위의 얼음을 정리하고 텐트를 쳤다. 포터들은 짜파티와 짜이로 끼니를 해결한다. 그들은 옷도 변변히 입지 않은 채 비닐로 한기만 막은 곳에서 밤새 떨다 아침이면 그들의 성지를 향해 기도한다. 보통 하루에 다섯 번 기도를 한다.

아침에 일어나니 포터들의 움막 옆에 비닐을 뒤집어쓰고 밤을 새운 당나귀들이 있다. 이 모습을 보니 알 수 없는 무엇이 가슴을 짓누르며 만감이 교차한다.

고도가 높아질수록 모레인 지대 옆으로 빙탑이 많이 보인다. 어느 순간 드넓은 광장이 보이고 멀리 미트라 피크(6,025m), 초골리사(7,654m), 가셔브룸 5봉(7,321m), 가셔브룸 4봉, 브로드 피크(8,047m) 등 고봉들이 파노라마처럼 펼쳐진다. 아스콜레를 출발한 지 일주일 만에 콩고르디아(4,600m)에 도착한 것이다.

그동안 사진과 영상으로만 보았던 K2(8,611m)가 한눈에 들어온다. 장엄하다. 무소불위의 제왕처럼 위풍당당하다. 카라코룸의 내로라하는 고봉들이 K2를 향해 조아리듯 경배를 올린다. 이웃한 브로드 피크가 후덕한 왕비처럼 제왕의 위풍을 더욱 부추겨 세운다. 고드윈 오스틴 빙하 사이로 자태를 곧추세우고 서 있는 K2는 신비감마저 든다. 이곳 콩고르디아에서 보는 K2는 일주일간 힘들게 발품을 팔며 올라온 보람을 느끼기에 충분했다.

= 비닐을 뒤집어쓴 당나귀들

초오유, 시샤팡마

Mt. Cho Oyu, Shisha Pangma |
8,201m, 8,027m

= '터키 옥의 여신' 이라는 초오유

우리말에 '시작이 반'이라는 말이 있다. 화폭에 솟아오른 히말라야 14좌 그림 산행을 시작해서 이제 티베트 히말라야 2좌만 남았다. 마지막 남은 2좌, 초오유(Cho Oyu 8,201m)와 시샤팡마(Shisha Pangma 8,027m) 그림 산행을 하기 위해 KBS 다큐 제작팀과 함께 티베트를 찾았다.

히말라야 14좌는 네팔에 7좌(에베레스트, 로체, 칸첸중가, 마칼루, 안나푸르나, 마나슬루, 다울라기리), 파키스탄에 5좌(낭가파르바트, K2, 브로드 피크, 가셔브룸 1봉, 가셔브룸 2봉), 티베트에 2좌(초오유, 시샤팡마)가 있다.

티베트 히말라야를 가려면 직항노선이 없어 청두(成都) 또는 베이징을 경유해서 천장고속열차를 이용하거나 국내선 항공편으로 라싸로 가야한다. 그러나 항공편을 이용해 라싸에 곧바로 도착하면 대부분 이미 약간의 고소를 느끼게 된다. 티베트 구수도인 라싸가 해발 3,700m나 되기 때문이다.

라싸에서 다음 날 하루를 더 머물고 티베트 제2 도시인 시가체(3,900m)로 향했다. 초오유 베이스캠프를 가기 위해서다. 시가체까지는 라싸에서 280km를 가야 한다. 붓다리버 강줄기가 흐르는 드넓은 분지 중앙에 고속도로가 일직선으로 뻗어 있다. 차창 밖으로는 눈발이 조금씩 날리기 시작한다. 강을 건너 주슈 갈림길에서 왼쪽으로 강변을 따라 진행하는데 눈발이 점점 더 세차지기 시작한다.

카로 라(Karo La 4,900m)를 넘어 티베트의 3대 성호(聖湖) 중 하나인 광활한 얌드록초(4,488m)를 지나 티베트 제2 도시인 시가체에 도착했다.

이곳을 지나며 바라본 산들은 나무 한 그루 풀 한 포기 없는 민둥산으로 속내를 그대로 드러내고 누워 있다. 누드 산들을 바라보며 누드 크로키라도 해야겠다는 생각이 들었다. 어떤 산은 흰 눈이 덮여 있어 여인의 앞가슴처럼 선이 고왔다.

붓을 놓고 절경에 빠지다

고갯마루에 올라서니 몸의 중심을 잡기 어려울 정도로 칼바람이 얼굴을 에이듯 후려친다. 그러나 이곳에서 내려다본 광활한 얌드록초 호수는 한 폭의 그림처럼 아름다운 장관을 연출한다.

빙하가 흘러내린 옥빛 물, 군청색 하늘, 그 옥빛 물에 비친 하얀 설산은 그대로 한 폭의 산수화다. 어찌 여기에다 무엇을 더 어떻게 표현하려고 붓을 들겠는가. 붓을 놓고 절경 속으로 빠져드니 세속에 찌든 가슴 옥빛 고운 물로 정화하고 가라 한다.

여행은 이래서 좋다. 조금 전까지만 해도 고소에 시달리며 너무 고통스러워 오던 길을 되돌아가고 싶었는데, 이런 황홀한 비경 앞에 서니 모두 한순간에 사라진다. 이곳이기 때문에 느낄 수밖에 없는 벅찬 감동과 희열이다. 그저 행복하다.

혹한의 추위에 양모 천으로 온몸을 감싼 티베트 여인들이 목걸이와 팔찌를 내밀며 싸게 준다고 사라 한다. 남자들은 티베트견을 몰고 다니며 기념촬영을 하라고 하지만, 개 한 마리가 늑대 네 마리를 상대한다는 사납기로 이름난 덩치 큰 티베트견에게 선뜻 다가가기가 겁난다.

얌드록초로 내려서서 카롤라 빙하(Kharola Glacier 7,119m)를 올려다본다. 빙하 정상을 이곳 사람들은 '넴칭캉쌍'이라 부른다. 빙하 아래 초르텐이 있는 곳에서 사진 한 컷을 찍는데 여인이 달려와 50위엔을 내라고 한다.

바람에 제멋대로 펄럭이는 오색 룽다가 잔뜩 휘감긴 철탑이 우뚝 서 있는 말라 호수 옆 도로를 따라 달리는 차창 밖 풍경은 참으로 평온해 보인다. 군데군데 야크와 양떼들이 고원지대의 넓은 벌판에서 무리지어 마른 풀을 뜯고 있는 모습이 목가적이다. 주위 산들은 나무 한 그루 없는 민둥산으로 멀리서 보면 밀가루 반죽을 하다 아무렇게나 버려 놓은 것처럼 시작도 끝도 없는 산들이 그리다 만 풍경화처럼 두리뭉실하게 솟아올랐다.

조금 더 진행하니 시짱자치구에서 상하이 인민광장까지 5,000km라는 G318번 국도 완공기념탑이 세워져 있다. 이곳에서 잠시 쉬고 5,254m 고개를 올라서니 수많은 타르초가 펄럭이고 있다. 철제로 된 아치에는 '歡迎 再來 珠穆朗瑪峰' '國家級 自然保護區'라는 간판이 붙어 있다. 초모랑마(에베레스트) 베이스캠프가 가까운 모양이다.

이곳에서 도로를 따라 조금 내려가니 초모랑마 베이스캠프로 가는 갈림길이 나타난다. 오래전부터 티베트에서는 에베레스트를 초모랑마(세상의 어머니)로, 네팔에서는 사가르마타(눈의 여신)로 불렀다. 중국에서는 초모랑마를 음차해서 주무랑마(珠穆朗瑪)라고 부른다.

그런데 1846년 영국이 인도에서 식민정책을 펴나갈 때 지도를 만드느라 히말라야 봉우리에 대한 측량을 실시했다. 당시 에베레스트의 비공식 명칭은 '피크(봉우리) 15'였다. 영국의 측량국장이었던 앤드류 워는 9년여 간의 측량을 하고 나서 '피크 15'가 지상에서 가장 높다는 사실을 확인했다. 그는 전임 측량국장 조지 에베레스트(Everest)의 공적을 기리기 위해 피크 15를 '마운드 에베레스트(M. Everest)'라고 명명했고 지금 에베레스트라고 부르게 된 것이다.

끝없는 평원지대를 달리다보니 딩그리(Dingri 4,340m)가 가까워지고 초오유의 신령한 모습이 나타난다. 티베트는 해발고도 4,000~4,800m의 완만한 구릉 모양의 고원이 펼쳐져 있고 소택지와 크고 작은 염호(鹽湖)가 발달되어 있다. 그 평원 위에 허리 잘린 히말라야 설산들이 솟아 있다. 지금 내가 달리고 있는 곳들이 대개 4,000m 이상이니 그럴법한 이야기다. 4,000m 위에 있다는 느낌보다는 드넓은 평야지대를 달리고 있는 기분이다. 약간의 고소증만 느끼지 않는다면.

딩그리에 도착해 게스트하우스에 짐을 풀고 곧바로 오색 룽다가 펄럭이고 통신용 안테나가 설치되어 있는 언덕 위로 올라가니 초모랑마(8,848m)와 초오유(8,201m), 시샤팡마(8027m) 능선이 한눈에 들어온다.

드넓은 딩그리 평원 끝자락에 솟은 초오유가 손에 잡힐 듯 가깝다. 추위도 잊은 채 네팔에서는 볼 수 없는 피라미드처럼 솟아오른 에베레스트 북면의 위용에 빠져들었다.

＝ 히말라야 14좌가 14폭 병풍 위에 물들어 있다.

잠시 후 에베레스트 첨봉에 붉은 기운이 감돌며 주위 설산들도 서서히 낙조가 물들기 시작한다. 촬영팀은 한순간이라도 놓치지 않으려고 바쁘고, 나는 스케치북 위에 비경을 내려놓기에 바쁘고, 티베트에 살고 있는 조선족 가이드는 이곳저곳 설명하느라 열심이다.

딩그리는 작은 마을이다. 이곳에 있던 현청(縣廳)이 북쪽 30km 밖으로 이전하면서 딩그리는 작고 횅한 마을로 남았다. 거리에는 주인 없는 개들이 넘쳐났고, 마을을 관통하는 'G318' 국도변에 늘어선 전통 흙집은 벌거숭이처럼 속살을 드러내고 있다. 게스트하우스 방은 토굴 같았다.

온기라고는 하나도 없는 게스트하우스 침대에 누우니 뼛속까지 한기가 파고든다. 이렇게 한기를 느끼면 고소증에 시달릴 것이 뻔하기 때문에 미리 두통약을 먹고 버텨 보지만 밤이 깊어지자 두통약이 효과가 없는지 점점 심해지기 시작한다. 새벽녘에는 잠을 이룰 수가 없었다. 아침이 되어 차량에 비치해 둔 산소호흡기로 한 시간쯤 호흡을 고르고 나니 조금 나아진 것 같았다.

네팔에서는 하루하루 고소 적응을 하며 고도를 높이는데 티베트는 4,000~5,000m를 차량으로 계속 이동하니 고소 적응을 할 시간이 없어서 더욱 그렇다. 그래서 차량에 아예 대형 산소통을 비치하고 다닌다.

짜파티와 달걀 프라이로 아침을 먹고 딩그리 평원 중앙에 솟아 있는 조망 좋은 동산에 올라 초오유를 스케치하고 다큐 제작팀은 열심히 촬영을 했다.

평원을 관통하는 신작로 같은 자갈길을 흙먼지를 일으키며 질주하듯 초오유 베이스캠프에 도착했다. 이곳은 현재 차이나 베이스캠프라고 부른다. 베이스캠프에서 바라본 초오유의 모습은 가까이 왔다는 것 말고는 조금 전 보았던 초오유나 다를 것이 없었다. 시즌이 끝나는 시기라서인지 베이스캠프에는 바람만 썰렁할 뿐 등산객이 머물며 캠핑하는 텐트가 한 동도 없었다.

청록 여신이 사는 초오유

초오유는 에베레스트에서 북서쪽으로 30km 정도 떨어진 곳에 솟아 있다. 초오유의 초오(Cho O)는 산스크리트어로 신성(神性)을 뜻하는 '초'와 여성을 뜻하는 '오'의 합성어로 여신을 의미한다. 여기에 터키옥(玉)을 뜻하는 '유'를 합쳐 초오유는 '터키 보석의 여신' 또는 '청록 여신이 거주하는 산'이라는 뜻이다.

티베트 히말라야는 네팔과 파키스탄과는 달리 베이스캠프까지 차량 진입이 가능하기 때문에 트레킹 개념이 없어 원정대 말고는 일반 트레커들은 많이 찾지 않는다. 굳이 트레킹을 고집한다 해도 황량한 벌판을 마냥 걸어야 하기 때문에 별다른 의미가 없다.

이날 찾은 초오유 베이스캠프에는 입산 관리를 하는 경비원 한 사람이 있고 반대편 높은 곳에는 군부대가 있어 촬영을 못하게 했다.

돌아오는 길에 KBS 다큐 제작팀이 티베트 전통가옥을 촬영하기 위에 작은 마을에 들렀다. 마을 사람들이 모여 있는 곳에서 원주민에게 럭시 몇 잔을 얻어 마시고는 함께 어깨동무를 하고 이들의 전통춤을 어설프게 따라 추며 한바탕 박장대소를 했다.

언어가 통하지 않아도 세상 어느 곳을 가나 술과 춤이 있으면 즐겁기 마련인가 보다. 비록 이들은 우리 눈으로 보기에는 현실의 삶이 초라해 보이지만 진솔하고 해맑은 이들의 미소에서 진정한 행복을 느끼게 된다.

신기루처럼 솟아오른 시샤팡마
딩그리에서 라룽라 고개(5,124m)를 넘어 니알람(3,750m)으로 향하는 길은 소설 속에 나오는 설국 같은 신비함을 자아낸다. 끝없이 펼쳐진 드넓은 설원 그 끝자락에 신기루처럼 솟아오른 시샤팡마, 그 주위를 키가 낮은 설산들이 마법의 성곽처럼 에워싸고 있어 더욱 신비함을 자아내고 신들의 궁전처럼 느껴졌다.

= '초원 위의 산맥' 시샤팡마가 신기루처럼 솟아 있다.

시샤팡마는 티베트어로 '초원 위의 산맥(시샤=산맥, 팡마=초원 위)'이라는 뜻으로, 티베트 원주민들은 시샤·팡마의 빙하가 북쪽 초원과 호수에 얼음물을 대주기 때문에 이 산을 성봉(聖峰)으로 간주한다. 이 산은 산스크리트어로 '성스러운 장소' 혹은 '신의 거주지'라는 의미인 '고사인탄(Gosainthan)'으로 오랫동안 불리어 왔지만, 현재는 티베트명으로 '일기 변화가 극심한 산'을 의미하는 '시샤팡마(Xixabangma)'로 통일하여 쓴다.

이 산은 8,000m급 봉우리 중에서 유일하게 중국 국경 안에 있어 14좌 중 가장 늦은 1964년에 허룽 대장이 이끄는 중국 원정대가 초등했다.

니알람(Nyalam 3,750m)에 도착하니 고도가 많이 낮아져서 발걸음이 산뜻하고 활동에 지장이 없다. 저녁에는 반주로 빠이주까지 한 잔 하고 나니 고소에 대한 공포도 사라지고 14좌 중 마지막 하나 남은 시샤팡마를 마음속으로 그려보니 기분이 상쾌하다.

시샤팡마 베이스캠프의 전진기지가 니알람 마을이다. 남면 베이스캠프에 진을 치는 원정대와 트레킹팀은 어김없이 이 마을을 거쳐야 한다. 야크에 짐을 싣고 움직이는 카라반이 마을 뒤편에서 출발하기 때문이다. 협곡에 놓인 니알람 마을은 인구는 1,000여 명으로 도시와 마을의 중간쯤이다.

야크를 섭외하기 위해 하루 더 휴식을 취하고 다음 날 아침 시샤팡마 남벽 베이스캠프(5,370m)로 출발했다. 얼마 전 폭설이 내려 베이스캠프 트레킹이 불가능하다고 했지만 일단은 시도해 보기로 하고 다음 날 지프차로 냐낭푸추 계곡까지 30여 분을 올랐다. 이곳부터 트레킹이 시작된다.

쾌청한 날씨에 마을 이장 계상이 야크 몰이꾼 세 명과 야크 다섯 마리를 몰고 와서 기다리고 있었다. 이장이 앞장서서 산길로 인도한다. 한참을 걷다 조망 좋은 곳에서 휴식을 취하며 돌아보니 역광을 받은 설산과 잡목들 그리고 키 낮은 향나무들이 그림처럼 멋스럽다.

"이쪽으로도 트레킹족들이 많이 오나요?"

"트레킹족은 거의 없고, 시즌에 원정대 5~6개 팀이 옵니다."

얼마 전 폭설로 인해 두 팀이 짐을 베이스캠프에 놓고 왔는데 눈 때문에 야크가 들어가지 못해 짐을 못 가져온다고 이장이 대답한다.

시샤팡마 남벽에서 흘러내린 빙하 두 개가 합수하는 지점 넓은 초원에서 티베트에서의 첫 캠핑을 시작했다. 고도 4,600m 지점이다. 이장과 함께 온 야크 몰이꾼들은 마른 나뭇가지를 주워다 불을 피워 놓고 영하 10도에서도 비닐 한 장으로 밤을 새운다.

아침이 되니 눈 때문에 남벽 베이스캠프는 트레킹이 불가능하다고 한다. 니알람으로 돌아가 다음 날 새벽에 시샤팡마 북벽 베이스캠프로 가기로 가이드와 의견을 모으고 하산했다. 니알람에서 북벽 베이스캠프까지는 약 3시간 30분이 소요된다.

다음 날 북벽 베이스캠프로 가는 길에 라룽라(5,124m) 고개에서 초오유의 일출을 보기 위해 이른 새벽에 서둘러 출발했다. 해가 뜨는 순간 초오유의 만년설이 황금빛으로 빛난다. 은백의 세상이 모두 황금빛으로 변했다.

일출의 장관을 뒤로하고 양떼들과 야크떼가 무리지어 마른 풀을 뜯고 있는 드넓은 갈색 초원지대를 달려 북벽 베이스캠프에 도착했다. 우뚝 선 시샤팡마 베이스캠프 간판을 보니 알 수 없는 눈물이 한없이 쏟아진다. 간판에는 이렇게 쓰여 있다.

希夏邦瑪峰 大本營, BASECAMP OF THE Mt, SHISHA PANGMA
海拔 5,764m

나는 회귀 본능이 강한가 보다. 14좌를 처음 시작했던 카트만두로 다시 돌아가기 위해 니알람에서 국경검문소가 있는 장무로 향했다.

히말라야 14좌
한 걸음 한 걸음의 숨결로

펴낸날   초판 1쇄 2015년 8월 15일

지은이   곽원주
펴낸이   서용순
펴낸곳   이지출판

출판등록   1997년 9월 10일 제300-2005-156호
주 소   110-350 서울시 종로구 운니동 65-1 월드오피스텔 903호
대표전화   02-743-7661 팩스 02-743-7621
이메일   easy7661@naver.com
인 쇄   꽃피는 청춘(주)

값 25,000원

ISBN 979-11-5555-034-2 03800

※ 잘못 만들어진 책은 바꿔 드립니다.

이 도서의 국립중앙도서관 출판시도서목록(CIP)은 서지정보유통지원시스템 홈페이지(htttp://seoji.nl.go.kr)와
국가자료공동목록시스템(http://www.nl.go.kr/kolisnet)에서 이용하실 수 있습니다.(CIP제어번호: CIP2015020683)